Frank Kreisler

DIE SCHWARZEN SCHMETTERLINGE

und 11 weitere finstere Storys

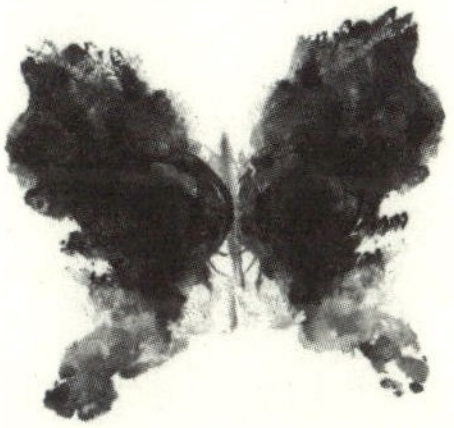

mitteldeutscher verlag

Bibliografische Information der Deutschen Nationalbibliothek
Die Deutsche Nationalbibliothek registriert diese Publikation in der Deutschen Nationalbibliografie; detaillierte bibliografische Daten im Internet unter http://d-nb.de.

www.mitteldeutscherverlag.de

Gesamtherstellung: Mitteldeutscher Verlag, Halle (Saale)

ISBN 978-3-96311-441-0

Printed in the EU

Ertappt im falschen Film

„Okay Leute, vor ein paar Tagen hat die Filmstelle uns ihren Geldsegen erteilt, wir können endlich loslegen und haben nicht viel Zeit. Der Film soll ja schon Weihnachten ins Fernsehprogramm“, begann Regisseur und Projektleiter Roman Wallkranz vor versammelter Filmcrew und wischte sich den Schweiß von der Stirn. Verdammt heiß, dieser Sommer, dachte er und fuhr fort:

„Das Happy End, die Doppelhochzeit von Schneeweißchen und Rosenrot mit ihren beiden Märchenprinzen, drehen wir gleich zu Beginn. Dafür hab ich das Torgauer Schloss Hartenfels gebucht. Auch der Rosengarten an der Außenmauer lässt sich wunderbar in die Handlung einflechten. Eine Woche Dreh in dem Kleinod mit seinem grandiosen Wendelstein wird reichen. Und dann hab ich mir gedacht …“ Er machte jetzt, ganz Profi, eine Kunstpause, sehr bedeutungsschwer, und alle spitzten die Ohren und warteten auf den Knaller. „… sollten wir auch die beiden Braunbären, die in dem Bärenzwinger umhertollen, mitspielen lassen. Bären brauchen wir ja sowieso, einen mindestens. Was meint ihr?“

Roman Wallkranz wusste, was jetzt kommen würde.

„Das geht doch nicht!“, rief einer dazwischen.

„Viel zu gefährlich!“, meinte ein anderer.

„Wozu gibt es Bärenkostüme! Ein Mensch im Bärenkostüm läuft dahin, wo er hinlaufen soll, knabbert nicht alles an, klettert nicht überall herum, liegt nicht faul in der Gegend umher, ist also berechenbar."

Mit Gegenwind hatte Roman Wallkranz durchaus gerechnet. Er blieb ruhig und gefasst, sein Entschluss stand fest.

„Ach i wo, das ist doch nicht gefährlich. Es gibt zwei Tierpflegerinnen und außerdem bekommen die Bären regelmäßig was zu fressen. An Menschen sind sie gewöhnt. Ich hab alles mit Mona und Jana abgesprochen. Sie sind einverstanden", argumentierte Wallkranz. „Ein Bärenkostüm nehmen wir sicherheitshalber aber mit."

Schlagartig war eine verdutzte Stille im Raum. Dann riefen alle durcheinander, der Bär war längst abgehakt: „Mona? Wieso denn Mona? Wir dachten Rosalie soll … Das ist doch … Mona packt es doch nicht, sie sieht zwar gut aus, schauspielert aber genauso grottig wie die Ferres!"

„Nichts gegen die Ferres!", widersprach einer der Kollegen.

Keinen störte, dass Mona anwesend war. Sie blieb seltsam gefasst, machte „Pah" und rollte mit den Augen.

„Nein, Rosalie will nicht mitspielen und gibt Mona eine Chance. Ist doch toll, oder? Dafür steht sie mir bei diesem Dreh als Assistentin zur Seite. Rosalie, willst du was dazu sagen?", fragte Roman und sah sie warnend an: Halt ja die Klappe!

Rosalie drehte demonstrativ ihren Kopf zur Seite und sagte nichts. Sie war eindeutig ziemlich sauer, weil sie dieses Mal Kaffee und Pausenbrote servieren und ihren eigentlichen Kollegen, den Schauspielern, hinterherrennen durfte, damit sie pünktlich vor der Kamera standen. Und peinlich war es ihr auch. Sie war doch keine Kaltmamsell, sondern Schauspielerin! Es stimmte einfach nicht, dass sie die Rolle von Rosenrot nicht spielen wollte. Das erkannte jeder in ihrem Gesicht. Roman hatte sie degradiert. Warum bloß?

Doch Rosalie war verschwiegen wie ein Grab.

Auch Mona sagte lieber nichts.

Was, zum Kuckuck, war da los?, fragte sich der eine oder andere. Sollte Roman mit beiden gleichzeitig was haben und saß jetzt zwischen zwei Stühlen? Oder wurde Rosalie, seit geraumer Zeit seine heiß geliebte Flamme, gerade knallhart abserviert? Trat Mona an ihre Stelle und genoss die Vorteile, die eine Liaison mit Roman mit sich brachte?

Warum diese merkwürdige Besetzung, die keinen so richtig überzeugte?

Die Hotels der Stadt Torgau reichten nicht aus, um die Filmcrew unterzubringen. Auch die Unterkünfte in Eilenburg, Delitzsch, oder wo es sonst in Nordsachsen freie Hotelbetten gegeben hatte, waren jetzt alle belegt. Was sich nachts da vom Set aus so im Landkreis zerstreute, trudelte jeden Morgen um sieben Uhr und völlig verschlafen auf Schloss Hartenfels zum Dreh ein. Die Leute vom Catering brühten heißen Kaffee auf. Jeder nahm sich, was er brauchte. Als wäre dieses schwarze Gesöff ein Zaubertrunk, verschwand die Müdigkeit aus den Gesichtern der Filmemacher. Auch belegte Brötchen gab es täglich.

So turbulent wie seit zwei Wochen, war es wohl seit Jahrhunderten nicht in dem Schloss mit seiner hellen Fassade zugegangen, das seit der Frührenaissance ein paar Meter neben der Elbe, auf felsigem Grund aufragte. Die Schauspieler, Statisten und Techniker gingen quer über den großen Schlosshof, verschwanden in Hauseingängen, um zu den Requisiten, dem technischen Equipment und in die Maske zu gelangen. Gedreht wurde derzeit auf dem Schlosshof, vor phantastischer Kulisse.

Die Bären im Zwinger unter der Zugbrücke lagen bäuchlings über einen dicken, abgesägten Baumstamm und dösten vor sich hin.

„Wir machen jetzt da weiter, wo wir gestern vor Einbruch der Dämmerung aufgehört haben", schnarrte Regisseur Roman Wallkranz' Stimme aus dem Megafon und sah sich suchend um.

„Rot wie Rosen, weiß wie Schnee. Wo, zum Kuckuck, bleiben unsere beiden Grazien!", wandte er sich verärgert an Rosalie, seine neue Assistentin. Das ging heute ja wieder gut los, dachte er grimmig.

„Weiß ich nicht", entgegnete sie abweisend. „Sind bestimmt in der Maske. Ich seh' mal nach."

Aufreizend mit schwingenden Hüften stieg sie die steinerne Treppe zum Wendelstein hinauf und verschwand durch eine prachtvolle, hölzerne Tür.

„Du lässt deine Finger von ihm, das ist meiner und nur meiner und bis zum bitteren Ende wird das meiner bleiben, auch wenn ich ihn eigentlich viel zu auffällig finde", keifte Mona, Mitte zwanzig, ihre etwas jüngere Kollegin Jana an.

„Warum gönnst du ihn meinen weichen Lippen nicht. Ich will ihn auch mal probieren, wenigstens einmal", entgegnete Jana und hoffte, dass Mona nicht Nein sagen würde. Jana wollte mit ihr klarkommen. Das mit Rosalie war zwar Mist, aber nicht zu ändern. Die Rollenbesetzung war Angelegenheit des Regisseurs.

Auch wenn es nicht um Monas Freund ging, sondern nur um ihren Lippenstift, fiel die Antwort kategorisch aus.

„Nur über meine Leiche!“, erwiderte Mona und es war ihr ernst.

Beide hatten hüftlanges, brünettes Haar, das gleich zu Beginn der Dreharbeiten bis an die Kopfhaut gefärbt wurde: Monas rabenschwarz, Janas weizenblond. Aber nicht nur daran erkannte jeder sie von Weitem. Vor allem fielen ihre Kleider auf, die beide Rollen mit sich brachten: Mona war Rosenrot und trug ein rotes Kleid, Jana war Schneeweißchen und das Weiß ihres Kleides glich zumindest am ersten Drehtag noch frisch gefallenem Schnee. Mittlerweile erinnert das Kleid an helles Elfenbein. Ein gelb-bräunlicher Hauch hatte sich auf das Schneeweiß gelegt.

Beide Darstellerinnen wurden jeden Morgen geschminkt: Die Lippen, die Wimpern und die Wangen bekamen Farbe. Wobei der Kontrast in Monas Gesicht am stärksten war: das Haar schwarz wie Ebenholz, das Gesicht weiß wie Schnee. Man konnte glatt an ein anderes Märchen denken. Und die Lippen waren von einem Kirschrot, das Mona ziemlich ordinär fand. Doch Roman wollte das so. Dunkelrot wie eine Rose oder eben wie Blut. Wenn das hier kein Märchen wäre, könnte man auch sagen: Rot wie die Lippen eines leichten Mädchens kurz vor Arbeitsbeginn.

„Roman schreit schon nach euch zwei … na ja“, platzte Rosalie in die Garderobe, die in einem ehemaligen Schlafgemach im Obergeschoss untergebracht war, und unterbrach den kleinen Disput. Sie wollte „euch zwei Hübschen“ sagen, tat das aber nicht. Sie war noch immer sauer.

„Er will endlich anfangen“, meinte sie nur.

„Ja doch, geht gleich los.“ Mona hatte sich zu ihr umgedreht und schaute sie ungerührt und kalt wie aus Fischaugen an. Klar, die beiden mochten sich nicht.

Rosalie versuchte leidlich, sich ihren Frust nicht anmerken zu lassen. Zähneknirschend tat sie so, als wäre alles in bester Ordnung. Und deshalb argwöhnte Mona, dass Rosalie hinter ihrer freudestrahlenden Fassade irgendetwas im Schilde führte. Hatte sie einen Racheplan wie eine gefährliche Waffe geschmiedet? Wartete sie nur auf eine Gelegenheit, ihr die Waffe ins Herz zu stoßen?

Verdammter intriganter Giftzwerg, war Mona überzeugt.

Und was Rosalie ihrerseits von Mona dachte, war nicht schwer zu erraten.

Die beiden Darstellerinnen folgten Rosalie auf den Schlosshof. Die Sonne schien, es war warm, ein schöner Tag eben.

„Hallo Roman, da sind wir“, flötete Mona, als sie zu dritt beim Regisseur eintrafen. „Es kann losgehen.“

Er nickte nur und sah sich grimmig um.

„Wo bekommt man hier frischen Fisch?“, fragte Roman die nette Dame an der Rezeption seines Hotels. Es stand mitten im Wald.

„Wie frisch soll er denn sein?“, erkundigte sie sich.

„Er darf gern noch schwimmen“, meinte Roman.

„Soso, schwimmen also. Tja …“ Sie dachte nach.

„Hm, angeln wollen Sie aber nicht, oder? In Elbe, Mulde, einem See? Nein, sicher nicht!“ Sie schüttelte ihren Kopf.

„Na ja, Spaß beiseite. Ich empfehle Ihnen einen Fischereibetrieb. Da geht es den Fischen prächtig, bis ihnen im Herbst das Wasser unter den Flossen weggezogen wird. Da gibt es hier einige Teiche, zum Beispiel in …“ Torgau, wollte sie sagen, doch Roman unterbrach sie.

„Auch Lachs?“, fragte er eilig.

„Das weiß ich nicht. Da können Sie nur mal nachfragen. Moment bitte!“

Sie rief an ihrem Computer eine Internetseite auf, notierte eine Telefonnummer und schob Roman den Zettel über den Tresen.

„Die gibt es hier schon lange und können Ihnen sicherlich mehr sagen. Viel Glück.“

Er bedankte sich, ging auf sein Zimmer und telefonierte.

„Haben Sie auch Lachs in den Teichen?“, fragte er nach einer kurzen Begrüßung.

„Nein, nicht? Och schade!“ Er klang enttäuscht.

„Ach so, der wird dazugekauft.“ Roman fiel ein Stein vom Herzen.

„Aha, gefroren also.“ Na gut, dachte er, besser als nichts.

„Prima. Die Adresse noch … danke. Ich komme gleich vorbei“, versprach er und legte auf.

Kurz darauf verließ er das Hotel. Mit seinem Auto, einem dunklen Cabriolet, fuhr er davon und kehrte nach ein paar Stunden zurück.

Als er das Hotel wieder betrat, trug er eine blaue Tiefkühltasche. Einen knapp vier Pfund schweren Lachs trug er darin auf sein Zimmer. Der Fisch war zwar noch gefroren, taute aber langsam auf.

Lecker Fisch – das wird ein Festmahl geben, dachte Roman düster, ging auf sein Zimmer und verstaute das Fischpaket in der Minibar.

Am nächsten Morgen stand er sehr zeitig auf, holte den rohen, aufgetauten Fisch zwischen den kleinen Schnapsflaschen hervor und schnitt sehr dünne Scheiben ab. Das so vorbereitete Lachs-Sushi verstaute er sorgsam wieder in der Tüte. Den Rest warf er in den Müll.

Er fuhr etwa eine Stunde früher zum Drehort als üblich.

An diesem Tag war er der Erste vor Ort. Eine halbe Stunde nach ihm kamen die Leute vom Catering und begannen mit ihrer Arbeit.

Niemand hatte bemerkt, dass er bereits da war. Niemand wusste, was er vor Arbeitsbeginn getan hatte.

Na, die werden sich wundern, dachte er seltsam gelöst, als er fast zu spät auf seinem Posten erschien.

Die Crew war bereits fast vollständig am Set eingetroffen. Die müden Gestalten tranken wie jeden Morgen erst einmal literweise Kaffee. Es gab wie immer belegte Brötchen. Käse, Wurst, Eiersalat, lauter leckere Sachen. Lachs-Sushi war erstmals auch dabei.

„So, dann legen wir mal wieder los! An die Arbeit!“, scheuchte ein gut gelaunter Wallkranz die Leute auf und klatschte aufmunternd in die Hände.

„Und womit beginnen wir?“, fragt Rosalie. „Hochzeit, Rosengarten oder Bären?“

Roman überlegte.

„Hochzeit vielleicht?“, schlug Rosalie vor.

Er schüttelte den Kopf.

„Nein, mit der Hochzeit warten wir, bis die Sonne hoch genug am Himmel steht und in den Schlosshof scheint. Die dunklen Ecken, die dann noch bleiben, leuchten wir mit den Strahlern aus. In den Rosengarten kommt die Sonne erst am Nachmittag. Ich denke, wir fangen am besten mit den Bären an", entschied Roman und erkundigte sich: „Ist alles klar?"

„Steht alles bereit", bestätigte Rosalie. Jede Filmszenen war entsprechend vorbereitet, das Equipment jederzeit einsetzbar.

„Konntest du die beiden Tierpflegerinnen erreichen?", wollte Roman Wallkranz noch wissen.

„Aber na klar, die sind immer hier. – Da kommen sie!"

„Gut, also auf zu den Bären!"

„Ach, verdammt!" rief Rosalie plötzlich. Ihr war noch etwas Wichtiges eingefallen. „Wir brauchen doch nur einen Bären! Wir haben aber zwei und die sollen unzertrennlich sein!"

„Ach was, soo unzertrennlich werden sie schon nicht sein", blieb Roman gelassen. „Und wer weiß – vielleicht können wir beide filmen. Den grimmigsten Bären nehmen wir dann. Ein paar Aufnahmen machen sich auch für den Hintergrund ganz gut. Der Bär schleicht sich an und die beiden Damen erschrecken sich. Irgend so etwas in der Art. – Ach, wo ist eigentlich der Zwerg? Den brauchen wir jetzt natürlich auch. Der kommt an den Baumstamm. Seinen Bart müsst ihr aber nicht richtig einklemmen. Falls die Bären doch ... damit der da nicht festhängt, falls es wider Erwarten irgendwelchen Ärger gibt."

Rosalie seufzte.

„Menschenskinder, kannst du das nicht früher sagen. Du und der ‚letzte Drücker' – ihr müsst Brüder sein."

Die Dreharbeiten verzögerten sich um eine halbe Stunde. Dem Zwerg, einem kleinwüchsigen Schauspieler, wurde der lange Bart so fest angeklebt, dass er den für mindestens drei Tage wohl nicht abbekommen würde, schätzte Rosalie ein. Egal, das war sein Problem.

Der Regiestab, die Darsteller und die Tierpflegerinnen betraten achtsam den Bärenzwinger.

Die beiden Braunbären dösten am abgesägten Baumstamm in der Sonne. Ein wohliges Knurren war gelegentlich zu vernehmen. Der Zwerg musste warten, an den Baumstamm konnte er im Moment jedenfalls nicht.

„Irgendetwas riecht hier komisch“, meinte Jana und verzog das Gesicht.

„Na, Bären eben. Die riechen halt“, entgegnete Mona.

„Weiß nicht. Ich hab das schon länger in der Nase …“ Jana sah sich suchend um.

„Vielleicht die Bären und ihr halb vergammeltes Futter?“, erwiderte Mona in einem Tonfall, als würde sie fragen: Was sonst?

„Nein, nein, es riecht nicht nach Mülltonne. Irgendwie anders, schwer zu sagen, so ’ne schwache Geruchsspur, man glaubt zu träumen …“

Wallkranz wandte sich an die beiden Schauspielerinnen.

„So, ihr beiden Hübschen, dann wollen wir mal. – Die Szene ist folgendermaßen: Ihr seid allein durch die Gegend gestreift und trefft euch genau dort, an dem Strauch.“ Roman zeigte auf einen Flecken in dem geräumigen Zwinger, ein gutes Stück von den Bären entfernt.

„Im Hintergrund ist der Bär zu sehen. Jana, du kommst von dort hinten!“ Romans Hand wies auf eine felsige Terrasse, ebenfalls weit von den Bären entfernt.

„Und du, Mona, kommst aus dem dunklen Torbogen, wie aus einer dunklen Höhle heraus. Das glatte Gestein retuschieren wir am Computer ein bisschen wilder, bemooster, schroffer. So, und dann fallt ihr euch, wie gesagt, an dem Strauch in die Arme. Ach ja, der Zwerg geht ebenfalls in die Höhle und schaut Rosenrot hinterher."

„Was willst du mit dieser Einstellung?", fragte Rosalie verdutzt.

„Meinst du den Zwerg?"

„Nein, Rosenrot und Höhle – was soll das?", wiederholte sie.

„Weiß ich noch nicht. Ist mir gerade so eingefallen. Vielleicht können wir eine solche Szene einbauen. Wenn wir schon mal dabei sind ... ich meine, rausschneiden können wir das immer noch", erläuterte Roman Wallkranz.

„Ich denke, Schneeweißchen und Rosenrot sind derart unzertrennlich, dass sie nicht einmal allein aufs Klo gehen, geschweige denn heiraten können, selbst das tun sie gemeinsam", meinte Rosalie verwundert. „Aber bitte, ganz wie du meinst!"

„Mag ja sein, aber jeder braucht mal seine Ruhe und seinen Frieden", seufzte Roman und die Umstehenden hatten den Eindruck, er meinte nicht nur das symbiotische Verhältnis der beiden Damen aus seinem Märchenprojekt, sondern noch etwas anderes.

Doch schnell konzentrierten sich die Gedanken aller wieder auf den Filmdreh.

Jana in ihrem weißen Kleid schien fast durch den Zwinger zu schweben.

Während sich Mona am Torbogen postierte, war es mit der Trägheit der beiden Bären, die sich in der Nähe befanden, schlagartig vorbei. Sie fingen laut an zu brummen, ihre Nüstern reckten sich sehr lebendig in die Luft, als hätten sie eine interessante Geruchsspur entdeckt.

Neben den beiden Pflegerinnen hat nur Roman diese Veränderung registriert. Die beiden Frauen waren alarmiert und griffen schon mal nach ihren Gewehren.

Roman beobachtete angespannt, wie es weiterging. Er war feuerrot im Gesicht.

Und nun passierte es. Doch so schnell konnte niemand reagieren. Und wenn doch jemand etwas unternommen hätte, hätte er sich genauso gut einem fahrenden Zug in den Weg stellen können. Als hätte jemand den Startschuss gegeben, rannten beide Bären auf allen Vieren in Richtung Mona los. Sie erkannte die Gefahr und flüchtete kreischend in den Torbogen hinein, wo ein Eisengitter ihr den Weg versperrte. Sie rüttelte vergeblich an den Stäben. Der Zwerg, der sich schon im Dunkeln des Torbogens verborgen hielt, versuchte Mona aus der Falle zu retten. Doch der Hieb einer Bärentatze schleudert ihn filmreif zur Seite. Beide Bären stürzten sich gleichzeitig auf Mona. Sie schlug mit den Armen um sich und versuchte die Bären wegzutreten. Ohne Erfolg. Sie schrie verzweifelt und den Umstehenden gefror das Blut in den Adern. Die zu Ungeheuern mutierten Bären knurrten und brummten blutrünstig, schlugen mit ihren schweren Tatzen auf sie ein und bissen sie immer wieder heißhungrig in Nacken und Rücken.

Die Schüsse aus dem Betäubungsgewehr kamen viel zu spät. Längst war Mona unter den wild gewordenen Bären wie unter einem zotteligen Erdhügel begraben.

„Zieht doch mal einer die verdammten Viecher da weg!“, schrie Rosalie, als sich die Bären nicht mehr rührten. Sie zitterte am ganzen Leib.

Mit vereinter Kraft wurden die beiden schweren, braunen Leiber von Mona heruntergezogen. Ein Bild des Grauens erwartete die Helfer. Rosenrots Kleid war in Fetzen gerissen, ihr

Körper, vor allem Kopf und Rücken, übel zugerichtet. Es roch nach Blut und Dreck und diese andere Geruchsspur, war praktisch nicht mehr wahrnehmbar.

Der Grund für die tödliche Bärenattacke blieb zunächst rätselhaft. Doch insgeheim fragte sich jeder, was Mona an sich hatte, dass die Bären sich auf sie gestürzt und sie zugerichtet hatten wie einen leckeren Happen?

„Was ist denn das für ein bescheuerter Befund?“, seufzte Kommissarin Lisa Knoblich, als sie den Obduktionsbefund von Rosenrots Tod zwei Tage später in den Händen hielt.

Daraufhin hatte sie Rosalie in den ruhigen Rosengarten gebeten, gleich neben dem Bärenzwinger.

Beide Areale waren durch einen eisernen Zaun, in dem sich eine Tür befand, voneinander getrennt.

„Bitte sagen Sie mir doch eins, Frau Schmitz“, kam die Kommissarin gleich zur Sache. „Was hat es am Tag der tödlichen Bärenattacke am Set zum Frühstück gegeben?“

Rosalie sah die Kommissarin einen Moment verblüfft an. Dann zählte sie auf: „Kaffee, Brötchen, belegt mit Margarine, Wurst, Käse, Grünzeug, Letzteres leicht verwelkt.“

„Das ist alles? Gab es auch Fisch?“, fragte die Kommissarin gezielt.

„Fisch? Eigentlich ni... – Doch! Lachs, an diesem Tag“, fiel es Rosalie wieder ein. „Der lag im Kühlschrank, frisch und geschnitten. Hab gekostet. Der war roh. Mein Ding war das nicht. Weiß nicht, wer den besorgt hat. Wahrscheinlich das Catering, ich jedenfalls nicht.“

„Hat Frau Weimert Lachs gegessen?“, kam die Kommissarin auf den Punkt.

Rosalie staunte.

„Sie meinen, Mona könnte gestorben sein, weil sie Lachs gegessen hat!? Dann hätten wir alle sterben können!“ Sie sah die Kommissarin ungläubig an.

Lisa Knoblich widersprach sofort: „Nein, nein – vom Lachs essen stirbt natürlich niemand, jedenfalls nicht einfach so. – Hat sie nun oder hat sie nicht?“

„Das weiß ich nicht. Das Lachs-Sushi war nicht gerade der Renner. Den rohen Fisch hat kaum jemand angerührt. – Auch sie wohl eher nicht.“

„Na ja, ist ja auch egal“, seufzte Lisa Knoblich. „In ihrem Mundbereich haben wir schließlich nichts Passendes gefunden.“

„Aha“, meine Rosalie nur.

„Aber in der schrecklichen Wunde wimmelte es vor Lachsmolekülen“, erläuterte sie den seltsamen Befund.

Rosalie zuckte ratlos mit der Schulter.

„Vielleicht hatten die Bären ja Lachs im Futter und – Zähneputzen ist halt nicht so ihr Ding?“, meinte sie leger.

Lisa Knoblich schüttelte mit dem Kopf. „Nein, kein Lachs im Futter. Das habe ich natürlich geprüft. Aber kleine Lachsstücke haben wir in den Resten einer perforierten Plastikfolie gefunden und die war im Kragen des Opfers eingenäht. Alles zerfetzt. Habe so etwas noch nie gesehen. Für mich stellt sich das so dar: Der eingenähte Fisch hat in der Wärme ausgedünstet und bei den feinsinnigen Bärennasen unwiderstehliche Fresslüste geweckt. Das Opfer hatte keine Chance. Mit anderen Worten: Der grausame Tod von Ramona Weimert war ein skurriler und erfolgreicher Mordanschlag.“

Rosalie musste sich setzen und schlug die Hände vors Gesicht. Sie ahnte, was da passiert sein musste. Den Lachs, den der Täter für seinen mörderischen Plan nicht mehr benötigte, hat er einfach in den Kühlschrank zu Wurst und Käse getan. War wohl zum Wegwerfen zu schade.

„Ist schon sehr merkwürdig“, fuhr die Kommissarin fort. „Wissen Sie, dass der Bär den Zwerg nicht mag, weiß ich aus dem Märchen. Dass aber Rosenrot am Ende nicht in den Armen des Prinzen landet, sondern der Bär sie tötet, stellt das Märchen auf den Kopf. Entsprang der Mord vielleicht einer verfahrenen Beziehungskiste?“

„Woher soll ich das wissen?“, entgegnete Rosalie ausweichend.

„Man munkelt, dass das Mordopfer, als es noch lebte, Sie bei Roman Wallkranz ausgestochen haben soll. Und damit hatten Sie ein sehr triftiges Motiv, Ihrer Kontrahentin die Zähne zu zeigen, beziehungsweise das die Bären für Sie tun zu lassen, zumal Sie ...“, und das sagte die Kommissarin mit einer gewissen Süffisanz, „... die Brötchen serviert haben, mit Wurst und Käse und – Lachs!“

„Das ist doch hanebüchener Unsinn“, entgegnete Rosalie matt. Sie war noch immer geschockt. „Roman und ich sind nach wie vor zusammen. Daran hat sich überhaupt nichts geändert. Mit Mona hat er gar nichts gehabt!“, rief Rosalie, der langsam dämmerte, dass die Kommissarin ihr den Mord unterschieben wollte. Tatmotiv: Eifersucht.

„Soso“, entgegnete Lisa Knoblich skeptisch, „da hat er Sie einfach aus einer Laune heraus vor versammelter Filmcrew degradiert und gedemütigt: von der Schauspielerin und Geliebten zur Kaltmamsell. Und Mona hat er den Vorrang gegeben, obwohl sie eine miserable Schauspielerin gewesen sein soll, hab ich jedenfalls gehört?“, seufzt die Kommissarin. „Wenn nicht Sex – was dann?“

Darauf hätte Rosalie nicht antworten müssen, weil – woher bitte schön sollte sie das wissen?! Doch sie wollte antworten und sich entlasten. Sie wusste aber auch, was ihre Antwort für sie und vor allem für Roman bedeuten würde. Und so vergingen einige Minuten, bis sie endlich mit der Sprache herausrückte:

„Mona hat etwas mitbekommen, was sie nie hätte mitbekommen dürfen.“

Lisa Knoblich nickte, als hätte sie mit genauso etwas gerechnet.

„Also Erpressung! Wer wird erpresst und womit? Sie etwa?“

Rosalie schüttelte mit dem Kopf. „Nein, verdammt, nicht ich …!“

Bevor sie weiterreden konnte, hörte sie hinter sich ein gefährliches Knurren und Brummen. Eines dieser zottigen Ungetüme preschte, wie eben der Hölle entsprungen, auf allen Vieren heran.

Rosalie war starr vor Angst und Entsetzen. Wie kam der Bär hierher?

Die Kommissarin handelte geistesgegenwärtig: „Ziehen Sie alles aus, was Sie anhaben.“ Als Rosalie zögerte, schrie sie: „Los, runter damit!“

Und dann flogen der gelbe Seidenschal, das dunkelblaue Kleid und das Unterhemd im hohen Bogen die Gartenterrassen hinunter. Sie stand praktisch nackt da. Die beiden Frauen flohen in den oberen Bereich der Terrassen. Der Bär stürmte den Hang hinunter und machte aus der neuesten Sommermode hübsche Putzlappen. Als der Bär endlich merkte, dass es für ihn hier nichts zu holen gab, sah er sich suchend um.

Endlich traf ihn ein Betäubungspfeil. Der Ausflug war vorbei.

Roman, der sich gerade aus dem Zwinger verdrücken wollte, wurde festgenommen und abgeführt. Er musste jetzt nichts sagen.

Das tat Rosalie nun. Sie hatte keinen Grund mehr, ihn zu schützen.

„Mona war im falschen Moment am richtigen Ort und hat dabei entdeckt, dass Roman eine dreiviertel Million des Drei-Millionen-Filmbudgets unterschlagen hat. Geld wollte sie für ihr Schweigen nicht, aber fürs Erste meine Rolle, an der immerhin eine üppige Gage hängt. Und irgendwann, es wäre nur eine Frage der Zeit gewesen, hätte sie mehr gewollt, immer mehr, vielleicht auch Roman. Er hätte nichts, aber auch gar nichts dagegen tun können und hat deshalb der Bedrohung ein Ende gesetzt. Ich …“

Ja, dachte Lisa Knoblich, und du hast das alles gewusst und solltest deswegen auch sterben.

Alte Last

Ich sitze auf meinem blauen Handtuch, das ich im hellen Sand der Uferböschung ausgebreitet habe. Durch eine dunkle Brille schweift mein Blick über den Markkleeberger See. Ruhig, fast spiegelglatt schwappt das blaugraue Wasser im gefluteten Tagebau. Ein paar Schwimmer ziehen ihre Runden über Abgründe, die riesige Bagger hinterlassen haben. Ein paar Freizeitsportler erkunden auf Paddelbrettern den See sowie die kleine Insel vor dem anderen Ufer. Über der Landschaft liegt eine sommerliche, fast mediterrane Ruhe. Es ist heiß, Insekten sirren. Die Hitze scheint irgendetwas auszubrüten.

Siesta in der Hölle. Das Wasser aus der Flasche schmeckt schal.

So, da bist du also wieder! Lange habe ich nicht an dich gedacht. Und du hast mir nicht gefehlt. Das kannst du mir glauben. Weiß Gott! Du warst aus meinen Gedanken verschwunden. Doch damit ist es offenbar so eine Sache. Wer aus den Gedanken verschwindet, taucht dort irgendwann wieder auf. Meistens zu einem ungünstigen Zeitpunkt.

Seit damals bin ich nicht hier gewesen.

Dort auf der Insel, die sogar einen Namen bekommen hat, habe ich dich begraben. Ich bin versucht, dich zu fragen: Weißt du noch?

Ich frage nicht. Ich weiß, du würdest antworten. Und nicht

nur das. Du würdest noch viel mehr erzählen. Davor habe ich Angst und das weißt du längst. Deshalb frage ich nicht. Ich will das nicht.

Damals war das Eiland noch nicht von Wasser umgeben. Nach Einbruch der Dunkelheit habe ich dich – nackt in eine Decke gewickelt – auf die Anhöhe gebuckelt, statt dich am tiefsten Punkt des Tagebaues zu versenken.

War das blöd? Vielleicht!

Aber Wasser ist unberechenbar. Ich hatte befürchtet, die stets unterschätzte Urgewalt würde nach der Flutung des Tagebaus deine Leiche eines Tages freispülen. Sie würde an die Oberfläche treiben und jemand dich finden.

Welch ein grauenvoller Anblick!

Schon damals war abzusehen, was aus der Anhöhe mal werden soll: Eine Insel ist schließlich auch ein gutes Versteck. Nicht einfach zu erreichen.

Auch dort gab es viele Erdlöcher, die groß und tief genug waren. In eines habe ich dich geworfen und dann mit den Händen Erde drüber geschaufelt. Es war nicht ungefährlich und wie ein Fass ohne Boden. Alles war uneben, instabil. Damals kam noch vieles ins Rutschen. Doch letztlich ging es gut.

Eigentlich war alles in Ordnung, für mich jedenfalls.

Als ich am Morgen danach nach Hause gekommen bin, warst du bereits stumm, aus meinen Gedanken verschwunden. Ich glaube, du hattest brockenweise Erde im Mund.

Mir kam es nur noch darauf an, meine Haut zu retten. Wie du siehst, es ist mir gelungen.

Ich habe mir in der Hölle etwas aufgebaut. Haus, Auto, Familie, drei Kinder, eine kleine Firma. Nichts Großes, aber immerhin. Ja, es war die Hölle – auch wenn mir das nicht bewusst gewesen ist und du dir für meine Einsicht – leger gesagt – nichts kaufen kannst.

Aber man kann auch in der Hölle leben. Ja, das geht, sieh mich an.

Was willst du eigentlich?

Dass ich mich an all das erinnere? Aber wozu? Was soll das? Neidest du mir meinen kleinen Erfolg, mein Leben? – Nein, ich glaube, das ist es nicht! Du bist nicht neidisch.

Du findest es ungerecht, dass ich davongekommen bin!

Stimmt, das ist es. Du hast vollkommen recht. Es ist ungerecht. Aber es spielt keine Rolle. Niemanden interessiert es. Außer dir und – da sich deine Stimme in meinem Kopf erhebt – auch mir.

Und jetzt? Ich könnte schwimmen gehen, wie die anderen Leute hier. Doch ich werde es nicht tun. Nein, ich habe keine Angst vor dem Wasser. Ich glaube auch nicht, dass es in der Nähe deines Grabes gefährlich für mich werden könnte. Dein Geist liegt ganz sicher nicht auf der Lauer und wartet auf mich!

So ein Blödsinn!

Er ist bereits damals auf mich übergesprungen. Ein kalter, blauer Funke, der seitdem in mir schwelt.

Ich bin nicht zu meinem Vergnügen hier.

Als ich vor ein paar Tagen in der Zeitung gelesen habe, was mit der Insel passieren soll, bist du plötzlich wieder da gewesen. Nackte Angst schoss durch mich hindurch. Stach wie eine eiskalte Flamme. Und ein teuflisches Lachen war in meinem Ohr.

Stimmt es, was ich gelesen habe? Soll auf der kleinen Insel, die deine Gebeine beherbergt, tatsächlich eine Gaststätte gebaut werden? Wer hat sich bloß diesen Mist ausgedacht!?

Einen Moment lang habe ich wirklich geglaubt, dass du – wie auch immer – deine Finger dabei im Spiel hattest. Denn die Gefahr, dass man bei den Bauarbeiten deine sicherlich längst skelettierte Leiche entdeckt, nach deinem Mörder fahndet und mich findet, würde enorm steigen. Du könntest ein Interesse daran haben, dass sie auf der Insel graben.

Doch dieser blödsinnige Verdacht vergiftete meine Gedanken nur kurz.

Ich bin lange nicht hier gewesen, im Grunde nur ein einziges Mal. Einen ersten Eindruck von der künftigen Baustelle der Ausflugsgaststätte habe ich gewonnen.

Damals stand hier kein einziger Baum. Da war nur Ödnis, so weit der Lichtkegel meiner Taschenlampe reichte. Auch tagsüber sah es nicht erbaulicher aus.

Es war kalt. Ich habe vor Erschöpfung gekeucht und Atemwölkchen stiegen stoßweise durch das spärliche Licht.

Noch ist auf der Insel nichts passiert. Ich kann von hier aus jedenfalls nichts erkennen. Keine Baugeräte, keinen Bauwagen, kein Plasteplumpsklo, keine Markierungen, die den Standort des künftigen Gebäudes verraten würden oder Ähnliches. Nur Bäume und Büsche, die seit damals gewachsen sind.

Ich kann mir aber lebhaft vorstellen, was passiert, wenn der Baggerfahrer beim Ausheben der Baugrube plötzlich deine Knochen zwischen den Greifern hält und die Meute erwachsener Männer auf der Insel aufgeregt hin- und herläuft, bis die Polizei kommt, die dann alles absperrt und nach Spuren durchkämmt. Das kennt man ja.

Ich habe offen gesagt keine Ahnung, welche Hinweise auf mein Verbrechen sie sonst noch finden könnten. Deine Knochen mal ausgeklammert.

Die Decke, in die du eingewickelt warst, habe ich selbstverständlich wieder mitgenommen. Und deine Kleidung habe ich dir abgenommen und später in einer Blechtonne zusammen mit der Decke verbrannt.

Vielleicht habe ich in dieser Nacht irgendetwas verloren: Taschentücher, Fasern und Kippen? Ach was, und wenn schon: Das alles wäre längst verrottet. Aber wie sieht es mit Knöpfen aus? Ich habe damals einen verloren und nicht wiedergefunden. Dann muss mir bei der Plackerei der Flachmann aus der Tasche gerutscht sein.

Und ist nicht auch mein Taschenmesser seither verschwunden?

Sollte irgendetwas davon gefunden werden: Ohne deine Überreste würde kein Hahn mehr danach krähen. Das alles wäre nur Müll und der käme weg. Aber mit deinem Skelett im Greifer wären alle Dinge, die sie hier aufstöbern, mögliche Spuren, die sie eingehend untersuchen würden.

Es ist wie verhext: Ich muss mich ein zweites Mal um dich kümmern.

Bevor du mein Opfer geworden bist, warst du ein Betrüger und Dieb! Du bist der mieseste Kerl, der mir je über den Weg gelaufen ist, und machst noch immer Scherereien! Werde ich dich denn nie los?

Dabei haben wir gemeinsam einen Weinhandel eröffnet. Nur die edelsten Tropfen aus aller Welt. Mit achtzigtausend D-Mark wollten wir starten. Ausgemacht war, ich die eine Hälfte, du die andere. Ich habe sofort vierzigtausend D-Mark auf das gemeinsame Konto eingezahlt. Ja, ja, ich weiß, war blöd von mir, ohne Notar und so. Ich konnte es kaum erwarten loszulegen und hab gedacht, Handschlag reicht. War aber nicht so. Denn du hast deine Hälfte nicht eingezahlt und mich immer wieder vertröstet. Na gut, hab ich gedacht, mein Geld reicht erstmal, deins wird schon noch kommen. Wir haben zunächst Wein für neuntausend D-Mark eingekauft. Regale, Anmeldung und so kosteten tausend. Spätestens jetzt hättest du aber wirklich … Doch deine vierzigtausend kamen nicht, stattdessen hast du meine verbliebenen dreißigtausend abgehoben. Wir waren ja beide verfügungsberechtigt. Dreist und blöd von dir, dass du dich vor deiner Flucht mit meinem sauer verdienten Geld mit einer Kiste Porter eindecken wolltest. Dass ich dich erwischt habe, war Zufall. Bis heute weiß ich nicht, ob das gut war oder nicht. Auf jeden Fall musste ich drei volle Flaschen auf deinem Kopf zertrümmern, bis dein Schädel endlich nachgab. Blutend und sterbend lagst du zwischen den Regalen, inmitten von Wein und Scherben.

Ich habe es geschafft, den Laden zu retten.

Nach dir hat niemand gefragt.

Ich nehme einen Schluck aus der Wasserflasche. Dann stehe ich auf und stopfe das Handtuch in den Rucksack. Oben am Weg habe ich mein Fahrrad abgestellt. Ich habe es mir vor drei Tagen extra gekauft. Mit dem Auto kommt man hier nicht hin. Als Fußgänger wäre ich zu langsam. Und die Zeit drängt.

Ich wische mir den Sand von den Füßen und ziehe meine Sandalen an. Anschließend schwinge ich mich in den Fahrradsattel. Für die Leute ringsum sieht es vielleicht so aus, als würde ein leicht übergewichtiger, älterer Herr mit braun gebrannter Glatze und Sonnenbrille etwas für seine Gesundheit tun.

Im Grunde hätten sie damit recht. Aber natürlich anders, als sie vermutlich annehmen würden. Ich bin kein Freizeitsportler.

Ich will nur nicht als Mörder ertappt werden und lebenslänglich im Gefängnis vor mich hinsiechen.

Gelassen, aber zielstrebig radle ich um den See, vorbei am ockerfarbenen Badestrand sowie am Wildwasser-Rafting auf der Ostseite. Ich überquere eine Brücke im Süden, die über einen Kanal führt, der den See mit Frischwasser versorgt.

Es ist nicht weit bis zu jenem Ufersaum auf der Westseite, der der Insel am nächsten liegt – keine drei Kilometer. Innerhalb weniger Minuten habe ich die asphaltierte Strecke, die wie ein breites graues Band um den See herumführt, zurückgelegt.

Kurz bevor ich in Höhe der Insel angelangt bin (Google Maps zeigt meinen Standort auf dem Smartphone an), gabelt sich der Weg. Die Hauptstrecke führt nach links, weg vom See. Ich biege in die andere Richtung ein, auf den See zu. Die Strecke wird sandiger, holpriger. Auf einem schmalen Pfad lenke ich das Fahrrad über Stock und Stein, manchmal schiebe ich es. Hier ist alles voller Gestrüpp, das schmale, niedrige und verschlungene Laubengänge geformt hat. Nur ein paar Meter trennen mich vom Wasser. Es funkelt durch das Gebüsch in einem dunklen Grün. Auf einer Lichtung mit Zugang zum See halte ich an. Ein Pärchen liegt hier im Schatten. Als die beiden mich bemerken, schrecken sie aus einer innigen Umarmung auf. Wie ertappt sitzen sie da und schauen sich suchend um, bis sie mich entdeckt haben.

Es interessiert mich nicht.

Ich möchte mit dir wetten, dass sie früher oder später ihre Sachen zusammenräumen und verschwinden.

Na, was habe ich gesagt. Sie verduften schneller als gedacht und wir sind wieder allein.

Etwa hundert Meter entfernt ragt die Insel circa zwei Meter aus dem Wasser.

Wo soll ich da drüben bloß anfangen, nach dir zu graben? Die Insel ist einfach zu groß, um eben mal so den Spaten anzusetzen und nach deinen Gebeinen zu buddeln. Mal ganz abgesehen davon, dass ich keinen Spaten dabei habe. Ich bin ja nicht blöd, am helllichten Tage …

Wo war das bloß? Wo habe ich dich …? Damals sah hier alles ganz anders aus.

Kannst du mir nicht helfen?

Ja, ja – ist ja gut! Blöde Frage! Ich weiß, du würdest mir niemals helfen, sondern alles dafür tun, dass dich endlich jemand findet – und mich dazu!

Plötzlich höre ich hinter mir ein Krachen im Wald. Laut und deutlich. Dann Stille. Ist dort jemand? Ich drehe mich um und spähe ins Unterholz. Nichts als Gestrüpp, fast undurchdringlich.

Es ist auch nichts mehr zu hören. Nur ein paar Blätter rascheln im Wind.

Wer weiß, vielleicht ein Ast, vom Baum abgebrochen und im weich federnden Geäst liegen geblieben? Ein Tier? – Bestimmt so etwas in der Art.

Ich beruhige mich und spähe zur Insel hinüber. Sie ist zu weit entfernt.

Schwimmen werde ich jedenfalls nicht.

Ich muss noch etwas erledigen und ziehe mich zurück.

Alle Schlauchboote waren schreiend bunt. Es war zum Verzweifeln. Dann habe ich kurz vor Ladenschluss doch noch eins in Camouflage entdeckt und sofort gekauft. Dazu einen Klappspaten und andere nützliche Dinge, die ich in einem dunkelgrünen Rucksack verstaue. Zum Fahrrad habe ich noch einen Anhänger erworben, um das schwere, zusammengefaltete Schlauchboot zu transportieren. Den Anhänger kann ich auch gut gebrauchen, wenn ich deine Knochen transportiere. Aber noch ist es nicht so weit. Step by step. Bloß nicht stolpern.

Am nächsten Morgen in aller Frühe pumpe ich am zugänglicheren Ostufer das Schlauchboot auf und schiebe es ins Wasser.

Ein Jogger rennt schnaufend und schwitzend vorbei.

Er schaut zu mir herüber.

Irgendetwas stört mich daran. Ich weiß aber nicht, was es ist.

Und vergesse es wieder.

Im Rucksack ist alles verstaut, was ich in den nächsten Stunden so brauche: Neben dem Klappspaten gehören weitere Werkzeuge, LED-Lampen und auch ein paar Lebensmittel dazu. Fahrrad und Anhänger lasse ich erst einmal zwischen dicht stehenden Bäumen am Ufer verschwinden.

Dann geht es endlich los. Das Wasser ist spiegelglatt. Der See scheint noch zu schlafen. Ich beginne zu rudern. Ein paar Enten im Schilf fühlen sich von mir gestört und fangen an zu schnattern. Doch sie beruhigen sich bald wieder.

Ich benötige nur ein paar Minuten, um die Insel nahe der gegenüberliegenden Seeseite zu erreichen.

Das Schlauchboot ziehe ich vollständig aus dem Wasser und verstecke es im Gestrüpp.

Ob ich hier alleine bin, weiß ich nicht. Ich hoffe es aber. Ein weiteres Boot habe ich jedenfalls nicht entdeckt.

Dann richte ich mein kleines Camp auf dem anderthalb Hektar großen Eiland ein. Noch immer bin ich einigermaßen ratlos bei der Frage, wo ich anfangen soll, nach dir zu graben. Ich könnte mal hier und mal da ... in der Hoffnung ... Ich verwerfe die Idee gleich wieder. Viel zu planlos und zu auffällig. Nicht auszudenken, wenn jemand käme – vielleicht Liebespaare oder so – und stolperte von einem aufgeworfenen Erdloch zum nächsten.

Nein, ich werde wohl in den sauren Apfel beißen und mich deinem Willen beugen. Ich muss mich erinnern. Es hilft nichts, anders kann ich das Problem hier nicht lösen. Es passt mir nicht, aber ich sehe keine andere Möglichkeit.

Hier hat sich viel verändert. Bäume, Büsche, Wege – gab es damals nicht. Nur nackte, schwarze Erde, weiträumig aufgerissen und aufgeschüttet an wenigen Stellen. Der See wurde damals geflutet, der Wasserstand befand sich weit unter dem heutigen. Damals – eine Landschaft zum Fürchten, lebensbedrohlich. Doch das hat mich nicht wirklich abgeschreckt. Weder beim Auskundschaften am Tag noch in der folgenden Nacht, als ich dich vergrub. Ich habe dieser wüsten Landschaft mein Geheimnis anvertraut.

Nicht nur Gras ist darüber gewachsen.

Bäume wiegen sich im Wind. Im Gestrüpp leben Tiere. Und an den Badestränden in der Nähe sind freundliche Stimmen zu hören.

Ja, ich hatte damals – mit deiner Leiche auf meiner Schulter – Furcht, ins langsam steigende Wasser zu stürzen oder von der losen Erde verschüttet zu werden. Daher mied ich die Böschungsränder und tastete mich mithilfe der Taschenlampe auf das zu, was ich für die Mitte der zukünftigen Insel hielt. Dort vergrub ich dich.

Ich hoffe, dort finde ich heute deine Gebeine.

Mithilfe von Google Maps bestimme ich die Inselmitte, hole den Klappspaten und fange an zu graben. Nur ein wenig niedriges Gestrüpp muss weichen. Ja, ja, ich weiß: Das hier ist ein Naturschutzgebiet. Aber das interessiert mich gerade nicht die Bohne, hörst du?

Auf einer Fläche von etwa ein mal einem Meter entferne ich vorsichtig die Grasnarbe, um sie nach der Grabung wieder einzusetzen.

Das Loch gräbt sich fast wie von selbst. Wenn ich nur wüsste, in welcher Tiefe ich dich begraben habe, war es ein Meter oder waren es zwei? Wurde mit der Zeit Erde draufgeschüttert oder weggespült?

Tja, woher soll ich das wissen?

Da fällt mir etwas ein: Du hast in der Grube auf dem Rücken gelegen. Deine nackten Beine ragten leicht geknickt die Grubenwand hinauf. Deshalb stieg ich zu dir hinab, packte dich unter den Achseln und zerrte an dir, bis die Beine von der Erdwand rutschten und irgendwie auf dem Boden waren. Als ich mich aufrichtete, schob ich meinen Kopf ein Stück über den Grubenrand. In der Ferne sah ich ein paar spärliche Lichter. Ich bin eins siebzig groß. Abzüglich Kopf und Hals, etwa dreißig Zentimeter.

Eins vierzig also! Tiefer muss ich wohl nicht buddeln.

Ich lege los.

Nach einer Stunde habe ich gefunden: nichts. Es war enttäuschend.

Ich schütte die Erde zurück ins Loch und setze die Grasnarbe wieder ein.

Ein Stück weiter grabe ich erneut. Dieselbe Prozedur.

Plötzlich höre ich hinter mir eine tiefe, dröhnende Männerstimme.

„Suchen Sie das hier?“

Grausige Vorstellung: Hat er gefunden, was ich suche?

Ich drehe mich langsam um. Gott sei Dank keine Knochen.

„Was ist das?“, frage ich ihn erleichtert.

„Fossilien, eine versteinerte Baumrinde“, meint er erstaunt, als hätte er erwartet, dass ich so etwas erkennen würde.

„Nach was graben Sie denn?“ Da ist so ein skeptischer Ton in seiner Stimme.

„Ja, ja, ich weiß“, gehe ich auf seinen Fund ein. „Wo haben Sie das schöne Stück gefunden?“

„Hm“, meint der andere, weil ich nicht auf seine Frage reagiere. „Dort drüben.“

Er weist mit dem Kopf in Richtung westliches Inselufer.

Seltsam, denke ich, Versteinerungen gibt es hier doch gar nicht, oder? Wo Fossilien und Braunkohle zu finden waren, plätschert jetzt der See.

Wo will er die versteinerte Baumrinde herhaben – von einer aufgeschütteten Insel? Erde, die sonst woher stammt? Schon seltsam!

„Und Sie – wonach graben Sie?“, wiederholt er seine Frage.

„Hab hier letztes Jahr was verloren und das suche ich jetzt.“

Was für einen Blödsinn erzähle ich bloß! Ad hoc mir fällt aber nichts Besseres ein.

Ich wette mit dir, gleich würde er zum dritten Mal fragen, wonach ich grabe.

Dann sage ich ihm, das geht ihn nichts an.

Er fragt aber nicht, sondern verabschiedet sich und geht.

Wenig später rudert er auf einem Paddelbrett über den See.

Seltsam, es war also doch jemand auf der Insel – und findet Fossilien, wo es eigentlich keine geben dürfte?

Na gut, vielleicht habe ich mich ja geirrt und die ganze Insel ist voller versteinerter Lebewesen. Von mir aus, es ist mir egal.

Bis zum Nachmittag grabe ich fünf weitere Löcher. Alle umsonst.

Danach entdeckte ich eine Stelle mit lockerer Erde. Offenbar hat hier vor nicht allzu langer Zeit schon jemand gebuddelt und die Erde wieder draufgeworfen, ohne sie richtig festzustampfen.

Wonach hat der gesucht? Fossilien?

Hier zu graben, kann ich mir ersparen. Also weiter.

Später mache ich eine längere Pause.

Der Aufenthalt auf der Insel soll so kurz wie möglich sein. Deshalb grabe ich auch nachts. Lichtquellen habe ich genügend dabei.

Irgendwie kann ich die richtige Stelle aber nicht finden. Es nervt langsam. Wo hab ich dich bloß verbuddelt?

Irgendwann nachts höre ich gedämpfte Stimmen auf der Insel. Lichter huschen und blitzen durch das Laubwerk.

Was ist denn jetzt los? Was sind das für Leute?

Ich verberge mich im Gestrüpp.

Plötzlich streift mich der Lichtkegel einer Taschenlampe und dann ertönt der seltsame Ruf: „Da ist er. Ich hab ihn."

Was ist das? Ein Missverständnis?

Sofort werde ich von allen Seiten angestrahlt.

Ich krieche aus dem Gebüsch und richte mich auf.

„Was machen Sie hier?", fragt einer der Männer. Er leuchtet mit seiner Taschenlampe direkt in mein Gesicht. Seins kann ich nicht erkennen. „Ich suche Fossilien", entgegne ich aufs Geratewohl und halte mir den linken Unterarm schützend vor die Augen.

„Soso, Fossilien also", äfft mich der Mann nach. „Sie wissen doch, dass man hier keine findet."

Er lacht und ich weiß, wer das ist.

Schon seine Stimme kam mir bekannt vor.

„Was wollen Sie von mir?", frage ich.

Die Antwort kommt kurz und bündig: „Mordverdacht!"

Der Mann weist sich als Kommissar aus.

Oh Gott, Polizei, geht es mir durch den Kopf.

Hast du mir diese Kerle auf den Hals gehetzt?

Prompt kommt die Antwort: „Wo hier auf der Insel vor Ihnen schon jemand gegraben und ein Skelett gefunden hat, wissen Sie ja. Der Schädel ist übrigens eingeschlagen, drei heftige Schläge. Kommt Ihnen das bekannt vor?"

Trotzig wie ein Kind schüttle ich mit dem Kopf. Sagen kann ich nichts.

„In den Bruchrändern haben wir neben Glassplittern kleinste Rückstände einer roten Flüssigkeit entdeckt. Wein. Sagt Ihnen das etwas?" Sein scharfer Ton erinnert an Gewehrsalven.

Die verhören mich schon, denke ich. Die werden mich und mein Leben komplett durchleuchten. Also kann ich es gleich sagen.

„Außer dass ich eine gut gehende Weinhandlung betreibe – nichts!"

Ich ahne, dass der Kommissar jetzt sehr hellhörig und meinem Geheimnis ein Stück näher gekommen ist.

„Na, das passt doch. Wie lange haben Sie den Laden schon?"

Ich sage es und raffe mich zu einer Verteidigung auf.

„Wie kommen Sie überhaupt darauf, dass ich irgendetwas mit dem Skelett, das Sie gefunden haben, zu tun habe? Das kann doch jeder gewesen sein!“

„Ganz einfach: Sie sind der Einzige, der mit ernsthaften Absichten auf unsere Zeitungsente reagiert hat.“

Bitte, was hab ich? Das war eine Falle? Kein Restaurant? Das waren Fake News? Und darauf bin ich hereingefallen!

„Ja – und?“, gebe ich mich arglos.

„Erinnern Sie sich an das Liebespaar, den Jogger? Mehr als dreißig Polizisten waren inkognito rund um den See im Einsatz, um nach Verdächtigen Ausschau zu halten. Sie haben als Einziger so reagiert, wie meiner Ansicht nach nur der Täter reagieren kann. Aber das klären wir auf dem Präsidium. – Also los!“

Wie sie dich überhaupt gefunden haben, ist jetzt auch egal.

Als hätte der Kommissar meine Gedanken gehört, meint er: „Übrigens hat ein Vater mit seinen beiden Kindern nach einem imaginären Schatz gegraben, wie Väter das eben so tun. Er wollte den beiden eine Freude bereiten, hat beim Graben unbemerkt zwei nagelneue Taschenmesser in die Erde fallen lassen, die sie als Schatz finden sollten. Tja, und dann haben sie den eingeschlagenen Schädel entdeckt.“

Zufall also. Es ist nicht zu fassen!

Ich werde gefesselt, zwei Männer bringen mich zu einem großen Ruderboot. Als alle an Bord sind, legt es ab.

Während ich auf einem Holzbrett sitze, in die Nacht hinaussehe und nichts als lichtlose Finsternis wahrnehme, schiebt sich dein Schädel vor mein inneres Auge wie ein düsterer Mond, aus dem plötzlich etwas Rotes sickert.

Ich weiß nicht – ist es Wein oder Blut? Wein oder Blut …

Bumerang

Über die Terrasse verließ Maximilian Schlotrop Donnerstagfrüh gegen sieben Uhr sein Haus und ging zum Unterstand für die Fahrräder hinüber. Das Auto, ein metallicblauer Mittelklassewagen, ließ er seit Tagen unberührt in der Einfahrt stehen. Schlotrops Jahresurlaub stand vor der Tür. Am morgigen Freitag hatte er bereits frei und am Montag ging es dann endlich los, Richtung Norden. Da wollten er und seine Frau Marlies wandern, mit dem Fahrrad fahren, schwimmen, eben etwas für die Gesundheit tun. Warum nicht gleich damit anfangen? Nur noch einen einzigen Tag musste er im Büro absitzen.

Sie hatten sich an der Nordsee, nahe Büsum, eine Ferienwohnung angemietet. Vom Wasserstand hing es ab, ob sich ihnen ein Blick auf das trocken gefallene Watt mit Prielen und Siedlungsresten oder auf das kabbelige Meer bieten würde. Er war in Ferienstimmung und entsprechend gut gelaunt. Ein Feeling war in ihm aufgekeimt, als würde er in ein paar Tagen aus seinem alten Leben für immer aussteigen und etwas ganz Neues beginnen. Daran, dass er nur ein Aussteiger auf Zeit sein würde, dachte er noch nicht. Warum auch?

Als er das Fahrrad auf einem schmalen Weg in Richtung Ausfahrt schob, bemerkte er, dass etwas fehlte. Nein, kein Stuhl, kein Spaten, kein Eimer oder irgend so etwas. Seltsam, er konnte es nicht genau sagen. Das Bild, das er gewohnt war, wenn er das Haus durch die hintere Tür verließ und hier entlangging, stimmte heute Morgen ganz und gar nicht.

Da fehlte etwas im Garten, der sich auf etwa 2 000 Quadratmeter hinter dem Haus erstreckte. Irgendetwas aus der Mitte, was Farbiges, Buntes, das gestern noch im üppig blühenden Garten leuchtete, war nicht mehr da und hatte irgendwie einen dunklen Schatten hinterlassen.

Die Sonne stand am Himmel und versprach einen warmen Sommertag. Die Pflanzen im Garten grünten und blühten, als hätte jemand ein Füllhorn über seinem Grundstück ausgeschüttet. Trotzdem, da fehlte etwas. Es war ihm sofort aufgefallen.

„Ach was, ich kümmere mich später darum“, brummte er vor sich hin und winkte ab. „So wichtig wird das schon nicht sein. Vielleicht sind diese Farben morgens noch matt und müde und kommen erst später so richtig in Fahrt.“

Immerhin möglich, doch so richtig hatte er darauf noch gar nicht geachtet.

Ihm blieb keine Zeit, weiter darüber nachzudenken. Er musste sich beeilen. Mit dem Fahrrad benötigte er mindestens zehn Minuten länger bis zum Rathaus.

Schlotrop arbeitete im Ordnungsamt der Stadt. Er prüfte die Anträge für öffentliche Veranstaltungen, die hier eintrudelten, und gab seinen – in der Regel milden – Senf dazu. Es ging um Lesungen, Konzerte, Kabarett, soziokulturelle Veranstaltungen und so weiter. Er achtete auf die Einhaltung gesetzlicher Bestimmungen, formulierte Auflagen und kontrollierte deren Einhaltung. Er entschied nicht letztendlich, aber sein Wort hatte Gewicht. Schlotrop fand nicht gerade spannend, womit er seine Brötchen verdiente. Doch der Job war sicher.

Es gab nur wenige Antragsteller, die Groll gegen ihn hegten. Doch wer konnte es schon allen recht machen?

In der Ferienzeit, wie jetzt, war es in den Gängen des Rathauses ziemlich ruhig. Das Wahrzeichen der Stadt wirkte in den Sommermonaten wie ausgestorben, gespenstisch still. Wie ein neogotisches Geisterschloss. Hier irgendwo röchelten Kaffeemaschinen vor sich hin. Jemand huschte, wie ein Mäuschen, über den Flur. Irgendwo zerriss ein Telefonklingeln die Stille. Kaum zu vernehmende Stimmen drangen durch die schweren dunklen Türen, als würden sie etwas Geheimes bereden. Es knarrte im Gebälk. Diese Verlassenheit und Leere waren unheimlich.

Viele Mitarbeiter waren schon in den Ferien: Sie radelten auf Bornholm, tauchten vor den Malediven, aalten sich am Mittelmeer in der Sonne oder waren auf einem Abenteuertrip unterwegs. Wer noch nicht weg durfte, war zumindest mit seinen Gedanken schon auf und davon, zumindest nicht mehr richtig bei der Sache.

Schlotrop blätterte lustlos in einem Stapel mit Anträgen herum, die erst nach seinem Urlaub entschieden werden sollten. Bis dahin war er schon wieder … Er seufzte.

Nicht daran denken, bloß nicht das prima Feeling und die Vorfreude mit Melancholie eintrüben.

Er rief zu Hause an. Beim ersten Versuch klingelte es, bis der Anrufbeantworter ansprang. Nanu, dachte Schlotrop, was war denn da los? Wo, bitteschön, war Marlies?

Er startete einen zweiten Versuch. Kurz bevor sich der Anrufbeantworter erneut einschaltete, hob seine Frau den Hörer ab. Sie war außer Atem, als sie sich endlich meldete. Sie keuchte und japste nach Luft, wie nach einem 100-Meter-Lauf, bei dem sie alles gegeben hatte.

„Was ist los? Wo bis du gewesen?", fragte Schlotrop verwundert. „Einkaufen?"

„Ja … nein! – Ach, verdammt …!" Sie machte eine winzige Pause, die keinem anderen aufgefallen wäre, und fuhr dann fort: „Ich sitze doch nicht den ganzen Tag neben dem Telefon und warte auf deine Anrufe!" Sie schnaufte, weil sie noch immer völlig außer Atem zu sein schien und außerdem empört war.

„Ich habe noch andere Dinge zu tun."

Schlotrop beschlich ein ungutes Gefühl. Irgendwie war sie in den vergangenen Tagen seltsam, ganz anders. So kannte er sie nicht.

In den vergangenen zehn Jahren war so etwas jedenfalls noch nicht passiert. Das hätte er sich gemerkt. Sie schleppte den mobilen Teil ihres Festnetzanschlusses doch immer mit sich herum. Sie war sogar im Garten, im Keller, auf dem Klo erreichbar.

Und was war eigentlich heute Nacht los gewesen?

Marlies hatte vor fünfzehn Jahren ihren Beruf an den Nagel gehängt und kümmerte sich vor allem um das Haus. Sie war immer erreichbar, auch immer kontrollierbar. Ein bisschen war das ja wie Hausarrest, das Handy wie eine Fußfessel. Aber so etwas fiel Schlotrop nicht weiter auf. Für eine kritische Sicht auf diese Dinge hatte er keinen Nerv. Für ihn war es selbstverständlich, dass Marlies ihren goldenen Käfig hegte und pflegte und ihm ein gemütliches Zuhause bescherte. Ihre Sicht kannte er nicht. Hatte sie denn eine?

Um ein Haar hätte er sie gefragt, ob sie nicht allein war. Bei diesem Gedanken stieg so ein diffuses und kribbliges Gefühl in ihm hoch, das irgendwo im Bauch begann: Eifersucht. Die Emotion erfasste ihn und malte ein sündhaftes Rot vor sein geistiges Auge. Er mochte dieses Gefühl nicht. Es trug ihn zu weit fort und machte die vertrauten Dinge ganz fremd.

„Warst du heute schon im Supermarkt?“, fragte Schlotrop noch einmal.

„Hab ich doch gesagt: Nein, noch nicht!“, entgegnete sie genervt.

„Wenn du gehst, denkst du bitte an ein neues Päckchen Kaffee? Ich habe heute Morgen die letzten Krümel aus der Dose gekratzt. Zur Vesper nehme ich Apfelkuchen, schön feucht. Kurz nach vier Uhr bin ich da. Nichts los hier. Ich feiere noch eine Überstunde ab“, setzte er sie in Kenntnis.

„Ja, ist gut“, entgegnete sie.

Dann legten sie auf.

Er hätte sich auf die Zunge beißen können! Verdammt noch mal! Dass er früher nach Hause kam, hätte er nicht sagen sollen. Jetzt war sie gewarnt, jetzt konnte er sie nicht in flagranti erwischen – wobei auch immer.

Denn irgendetwas stimmte hier nicht, redete er sich ein.

Kurz nach halb vier räumte Schlotrop seinen Schreibtisch auf und verließ das Rathaus. Selbstverständlich, er hätte noch eine Stunde früher Feierabend machen können. Sein Überstundenkonto hätte es durchaus erlaubt. Aber das, so glaubte er, wäre so etwas wie ein Wink oder eher noch wie eine Streicheleinheit mit dem Zaunpfahl gewesen: ‚Meine liebe Marlies, ich kann dich ja ganz gut leiden, aber ich traue dir nicht über den

Weg. Weil ich dich kontrollieren will, komme ich nicht nur eine Stunde früher nach Hause, sondern zwei Stunden. Vielleicht kann ich dich ja bei etwas erwischen, was du unbedingt geheim halten wolltest.‘

Hätte Schlotrop gewusst, was sie nun eilig eine Stunde schneller erledigen musste, wäre er wohl nicht so feinfühlig gewesen und alles wäre vielleicht anders gekommen.

Mit Vorfreude auf den Kaffee und das Stück Apfelkuchen radelte Schlotrop nach Hause. Es war nicht viel los auf den Straßen. Die Urlaubszeit hatte die Stadt entvölkert und die derzeit eher armselig ausfallende Rushhour war noch nicht einmal in den Startlöchern.

Als Schlotrop sein Grundstück betrat, klappte Marlies gerade die Biotonne zu.

„Hallo, da bin ich“, rief Schlotrop ihr zu.

Marlies fuhr zusammen. Sie hatte ihn wohl später erwartet. Aber sie fasste sich schnell wieder.

„Hallo, der Kuchen steht schon auf dem Tisch. Komm rein“, erwiderte sie mit belegter Stimme und räusperte sich.

Schlotrop stellte das Fahrrad in den Unterstand und ging ins Haus.

Der Tisch war gedeckt. Allerdings betrat er mit der Erwartung das Haus, dass ein heimeliger Kaffeeduft in der Luft lag, egal, ob schon aufgebrüht oder noch aus der Dose duftend. Stattdessen nahm er einen eigentümlichen Geruch war. Er runzelte skeptisch die Stirn.

„Das ist Tee“, kam Marlies seiner Frage zuvor. „Aromatisierter Tee, was ganz Besonderes.“

„Ach, und wo ist der Kaffee?“, ignorierte Schlotrop ihren Versuch, ihm das Ersatzgetränk schmackhaft zu machen.

„Hab ich leider vergessen. Aber im Schrank war noch dieser Tee. Steht erst seit Ostern da, ist also noch genießbar. Ich hab schon probiert."

„Was – vergessen?", polterte Schlotrop, der nur schwer von einer Gewohnheit lassen konnte, vor allem dann, wenn das gezwungenermaßen passieren sollte.

„Ja, und ich fahre jetzt nicht noch einmal los", entgegnete seine Frau bestimmt. „Willst du vielleicht?"

Aber Schlotrop hatte auch keine Lust. Sie wusste das und er fügte sich. Na gut, also Tee heute. Wenigstens war der Apfelkuchen nicht trocken. Aber irgendwie war seine gute Laune dahin. Er setzte sich. Marlies hatte große Tassen auf den Tisch gestellt. Sie goss den Tee ein.

Schlotrop nahm etwas Kuchen mit dem Löffel auf.

Dann probierte er den Tee. Hm, nicht schlecht. Sehr würzig, aber da war so etwas Säuerliches im Hintergrund. Wie gut, dachte Schlotrop, dass dieser etwas unangenehme Geschmackston von würzigen Kräutern und Aromen überlagert wurde. Das Gesöff wäre ansonsten ungenießbar.

„Was ist das für ein Tee?", fragte er Marlies.

„So genau weiß ich das nicht. Montezuma steht drauf. Wohl eine Gewürzmischung aus Südamerika. Schmeckt sie dir?", erkundigte sie sich und ließ ihn, seit er davon getrunken hatte, nicht mehr aus den Augen.

„Ja, geht so. Ein bisschen sauer vielleicht, aber ansonsten genießbar. Kaffee wäre mir aber lieber gewesen", maulte er noch mal.

Schlotrop nahm noch ein paar Schlucke und sein Mund war bald staubtrocken. Weder Wasser noch mehr Tee änderten daran etwas.

Sie sah ihn an, als erwartete sie, dass etwas Bestimmtes passierte. Sie hatte von dem Tee nichts getrunken, nur ihre Lippen äußerlich benetzt.

„Was guckst du so?“, fragte er seine Frau. „Stimmt etwas nicht?“

„Alles okay!“ Sie starrte ihn weiter an und wartete.

„Was ist denn los?“, fragte er erneut, als der Kuchenteller leer, der Tee fast ausgetrunken war und sie ihn noch immer fest im Blick hatte.

„Nichts“, entgegnete sie. Aber ihre Enttäuschung konnte sie nur schwer verbergen. Längst hätte etwas passiert sein müssen. Was war da los, verdammt?

„Ach, und wo warst du eigentlich heute Nacht?“, wechselte er abrupt das Thema.

Sie starrte ihn an. „Wo soll ich schon gewesen sein? Im Bett natürlich. Was soll die Fragerei?“, entgegnete sie verärgert.

„Du warst nicht da, als ich munter wurde.“

„Dann war ich wohl mal auf dem Klo oder in der Küche etwas trinken. Max was ist denn los mit dir?“, sagte sie, aber es hörte sich nicht so an, als machte sie sich tatsächlich Sorgen.

„Und was hast du vorhin in die Biotonne getan, als ich nach Hause gekommen bin?“ fragte er und kam sich dabei nicht albern vor.

„Gartenabfälle natürlich. Jetzt reicht es aber!“ Es kostete sie Mühe, sich nicht zu empören.

Im selben Moment fiel ihm wieder ein, dass heute Morgen im Garten etwas gefehlt hatte. Hatte vielleicht Marlies damit etwas zu tun?

Schlotrop sagte nichts. Er stand energisch, irgendwie überdreht auf. Der Sessel krachte gegen die Wand. Als er über den

Flur in Richtung Haustür ging, kam er am Spiegel vorbei und blieb entsetzt stehen. Mein Gott, dachte er, was ist das für ein Wesen, das dich aus dem Spiegel anstarrt?

Das Gesicht und der Hals waren knallrot und die Pupillen derart geweitet, dass seine blaue Iris bis auf eine winzige Umrandung zusammengeschoben war. Der Blick war starr und finster und schien einem Wesen aus der Hölle zu gehören. Genau so stellte er sich den Blick von Mr. Hyde vor!

Seine Nasenflügel bebten und sein Herz raste bis zum Kopf hinauf. Die Halsschlagadern schienen gleich zu platzen. Er holte schnell und stoßweise Luft. Ihm war übel, aber das war nicht so schlimm.

Momentan war Schlotrop noch klar, dass er es war, der so finster aus dem Spiegel blickte. Er war irgendwie anders geworden in der letzten Dreiviertelstunde, total verändert. Es beunruhigte ihn, aber er konnte es nicht ändern.

Wurde er vielleicht gerade verrückt?

Er verließ das Haus, blieb nach der letzten Stufe stehen und hatte eine Erleuchtung: „Montezuma, da war was im Tee!" Er schrie es fast euphorisch, als hätte er den Stein der Weisen gefunden. Seine Stimmung war überschwänglich. Er entdeckte seine detektivische Ader, der allerdings die kühle Präzision fehlte, der Überblick. Denn auf die Idee, sofort ins Haus zurückzukehren und Marlies mit seiner Erkenntnis zu konfrontieren sowie eine Probe des Tees zu sichern, kam er nicht. Stattdessen hielt er Ausschau nach fremden Männern, die sich auf seinem Grundstück im Gestrüpp versteckten, und glaubte, manchmal eine Schuhspitze, einen Kopf oder einen Anzug im üppigen Garten zu erkennen. Schaute er genauer nach, waren da nur Blätter, Zweige, Früchte und Blüten.

Marlies stand regungslos am Fenster und schaute entsetzt dem Treiben ihres Mannes zu.

Bis zur Erschöpfung rannte er durch das Gestrüpp. Dann ließ er sich auf eine am Haus stehende Gartenbank fallen und verschnaufte. Aber nicht lange. Eine neue Idee trieb ihn wieder hoch. Er rannte ums Haus, dahin, wo die Mülltonnen standen. Marlies war ihm an ein Fenster auf der vorderen Seite gefolgt. Sie hatte beide Hände wie zum Gebet vors Gesicht genommen und beobachtete ihren Mann verstohlen. Mein Gott, dachte sie. Mein Gott, es hat nicht gereicht! Was passiert jetzt? Was passiert, wenn das Gift nicht gereicht hat?

Schlotrop wurde immer seltsamer. Ehrfürchtig näherte er sich den Mülltonnen wie einem Altar, als wären da königliche oder göttliche Wesen verborgen, die scheu waren wie Rehe und gefährlich wie Löwen.

Marlies hatte das Fenster leicht geöffnet.

Sie hörte, wie Schlotrop die Biotonne mit salbungsvoller Stimme ansprach: „Sesam öffne dich, ich bitte dich! Gib deinen Schatz preis, egal ob in dir Gartenabfälle verborgen sind, Gold und Edelsteine matt schlummern oder gebrauchte Kondome verrotten. Sesam, öffne dich – jetzt!" Da weder Mäuse noch Ratten in der Tonne nach Fressbarem wühlten, rührte sich nichts.

Wie eine Litanei wiederholte er die Beschwörung, mit wechselnder Besetzung. Statt Gartenabfälle: Alte Kartoffeln, statt Gold und Edelsteine: Tonnenweise Geldmünzen und Scheine, statt Kondome: Dildos. Zuletzt vermutete er in der Biotonne Dildos aus purem Gold, die wie Nüsse in der Erde wuchsen und die Biotonne war voll davon.

Marlies am Fenster war ratlos. Ihr Mann war lediglich verrückt geworden, dabei sollte er längst keinen Mucks mehr von sich geben. Sie hatte ja keine Ahnung davon gehabt, was das Zeug mit ihm anstellte, wenn die Dosis nicht tödlich war.

Etwa eine halbe Stunde redete Schlotrop auf die Mülltonne ein und versuchte sogar, mit ihr zu diskutieren. Dann langte es ihm und er holte sich Verstärkung aus dem Schuppen. Und die war alles andere als salbungsvoll und milde. Als er aus dem Schuppen wieder herauskam, trug er einen Spaten mit scharf geschliffenem Blatt.

Mit dem Gartenwerkzeug in der Hand war er wie ausgewechselt. Er beschimpfte die Mülltonne martialisch und drohte ihr: „Wenn du beschissenes Teil nicht von allein aufgehst, dann schlitze ich dich auf!"

Seine Augen waren weit aufgerissen, das Gesicht war knallrot wie nach einem Sonnenbrand. Er war derart erregt, dass seine Stimme sich überschlug. Schlotrop hatte längst vergessen, dass es an der Mülltonne einen Deckel gab, den man einfach anheben konnte.

Schlotrop holte aus, er stach und schlug mit dem Spaten auf die Biotonne ein. Sein Herz raste dabei wie wild und in seinem trockenen Mund hatte sich ein säuerlicher Geschmack eingenistet, der sich nicht herunterschlucken ließ. Einfach ekelhaft.

Da die Tonne aus Kunststoff bestand, war sie bald durchlöchert wie ein Sieb. Er stach so heftig auf die Biotonne ein, dass sie umkippte und der Inhalt herausrutschte. Schlotrop schien zur Besinnung zu kommen. Er hielt kurz inne. Nichts Goldenes, nichts Funkelndes, nichts Glitzerndes lag vor seinen Füßen, sondern Gartenabfälle, wie Marlies das behauptet hatte. Nur waren diese Gartenabfälle kiloweise gehäckselt, zerrieben und seltsam feucht, als hätte man sie in Wasser getaucht – in heißes Wasser! Sie dampften noch ein wenig und strömten diesen unangenehmen Geruch aus, den Schlotrop vor einer Stunde zum ersten Mal wahrgenommen hatte. Das Wort ‚Tee' fiel ihm nicht ein, ebenso wie er überhaupt die Bedeutung seines Fundes nicht erkannte.

Er war erschöpft und schleppte sich ins Haus. Als wäre der Spaten an seiner Hand angewachsen, nahm er ihn mit.

Marlies schien verschwunden zu sein. Schlotrop legte sich auf die Couch und schloss die Augen.

Er wusste nicht, wie viel Zeit vergangen war, als er spürte, dass sich ihm jemand näherte.

„Ist er tot?", flüsterte seine Frau.

Mit wem redete sie? Er wollte die Augen öffnen und nachsehen, schaffte das aber nicht.

„Ich weiß nicht. Vielleicht hätten wir mehr davon nehmen sollen", entgegnete eine Männerstimme.

Wovon redeten die und was zum Kuckuck wollte der Nachbar hier? Wie hieß der noch? Es fiel ihm nicht ein.

„Ganz sicher hätten wir das." Das war wieder Marlies.

„Die Dosis war wohl zu gering. Wahrscheinlich hätte er mit einer höheren Dosis nicht so einen mordsmäßigen Radau gemacht, sondern wäre gleich vom Stuhl gefallen."

„Ich weiß nicht. Die Dosierung ist wirklich schwierig, der Wirkstoff in der Pflanze ist völlig unterschiedlich, irgendwie unberechenbar verteilt", meinte Schlotrops Nachbar, der mit seiner Frau ... ja, verdammt noch mal, was wollte der Kerl eigentlich hier und was hatte der mit Marlies zu schaffen?

Schlotrop wollte aufstehen, konnte sich aber nicht rühren. Er war wie gelähmt.

„Er hat übrigens gemerkt, dass ich heute Nacht draußen war“, sagte Marlies.

„Weiß er auch, was du getan hast?“

„Glaube ich nicht. Spielt wohl auch keine Rolle mehr. Vielleicht haben wir die falschen Teile gehäckselt und aufgebrüht?“, überlegte sie.

„Glaube ich nicht, sieh dir Max doch an. Es dauert halt, bis das Gift wirkt. Jetzt scheint es soweit zu sein. Ich glaube, wir können beruhigt sein. Lass ihn liegen. Wir räumen zusammen und verschwinden dann“, beschloss der Nachbar.

„Du meist, er ist endlich tot?“, fragte Marlies mit Hoffnung in der Stimme. Dafür könnte Schlotrop sie umbringen.

„Das hoffe ich doch“, meinte der Nachbar lapidar.

„Ich auch“, bekräftigte Marlies.

Schlotrop hörte, dass die beiden sich an Schränken und Schubladen zu schaffen machten und irgendwie gelang es ihm, die Augen zu öffnen.

Was er nun zu sehen glaubte, brachte seinen Puls auf hundertachtzig und ihn wieder auf die Beine. Es war das blanke Grauen. Er war maßlos entsetzt, er war noch nie so entsetzt gewesen. Er hatte ja seine zierliche Frau und diesen Weihnachtsmann von Nachbarn erwartet, aber von wegen! Er hatte nur ihre Stimmen gehört und sah tatsächlich zwei riesenhafte Ratten auf den Hinterbeinen stehen und die Schränke ausräumen. Schlotrop sagte nichts. Er holte mit dem Spaten aus und trennte mit einem gezielten Stich der größeren Ratte glatt den Kopf ab.

Als der leblose, braun behaarte Körper zu Boden polterte und der abgetrennte Kopf weg kullerte, kreischte die andere Ratte mit Marlies Stimme auf.

Die Ratte mit der Stimme seiner Frau floh und Schlotrop warf ihr den Spaten hinterher.

„Lass ihre Stimme hier, du verdammtes Vieh!“, rief er dabei.

Das Blatt blieb ihm Rücken der vermeintlichen Ratte stecken. Sie stürzte und wand sich in der Tür liegend vor Schmerzen. Schlotrop schob den Spaten tiefer in den verletzten Körper hinein. Es knirschte und knackte und blutete wie verrückt.

Die Ratte zuckte noch einmal und blieb dann leblos auf der Türschwelle liegen.

Verdammtes Viehzeug, grummelte Schlotrop vor sich hin. Wo hatte die Ratte Marlies' Stimme her? Und wo war seine Frau hin? Und was war mit dem Nachbarn? Was machte seine Stimme in Schlotrops Haus? Und was war mit diesen verdammten Ratten los? Warum waren die so groß, wo kamen die überhaupt her?

Schlotrop hatte nicht wahrgenommen, was eben tatsächlich passiert war. Er war völlig berauscht. Das Gift, das Marlies ihm mit dem Tee verabreicht hatte, hatte längst seine lang andauernde, zerstörerische, extrem benebelnde Wirkung entfaltet, der Schlotrop vollkommen ausgeliefert war, die ihn aber nicht zu töten schien.

Er war unendlich müde, legte sich wieder auf die Couch und schlief, gepeinigt von grauenhaften Träumen. Währenddessen bluteten die Leichen seiner Frau und ihres Neuen aus.

Am Abend des zweiten Tages wurde Schlotrop munter. Er hatte schreckliche Kopfschmerzen. Sein Mund war völlig ausgetrocknet, Schlucken unmöglich, weil sich nach wie vor kein Speichel in der Mundhöhle bildete. Wäre es nötig gewesen zu reden, hätte er nur gekrächzte Worte herausgebracht. Hustenreize und Würgekrämpfe hätten ihn darüber hinaus gepeinigt.

Er stand mühsam auf, schlurfte durch das Zimmer. Er watete durch Blut und bemerkte das nicht. Seine blutgetränkten Socken hinterließen überall da, wo er nach Marlies suchte, eine immer blasser werdende Blutspur. Er fand Marlies nicht und das verstand er nicht. Auf sein Rufen hin bekam er keine Antwort. Und in der Stube moderten diese verdammten Ratten vor sich hin. Die rochen langsam. Pfui Teufel! Er musste raus aus dem Haus, raus aus dem Gestank, raus an die frische Luft.

Es war Samstagabend und die Sonne stand noch über dem Horizont. Eigentlich wollte Schlotrop heute andere Dinge tun, als auf Strümpfen durch Straßen zu laufen. Irgendwas mit dem Koffer ... Spielte wohl keine Rolle mehr.

Schlotrop schlurfte auf Strümpfen, die längst Löcher bekommen hatten, die Straße entlang. Seine Kleidung war verwahrlost und blutig. Den Spaten, mit deutlichen Blutspuren am Blatt, schleifte er hinter sich her. Plötzlich stand auf der anderen Straßenseite sein Bruder und sah entsetzt zu ihm herüber. Ein kleiner Junge stand neben ihm. Obwohl, dachte Schlotrop, das konnte gar nicht sein. Sein Bruder hatte keine Kinder und außerdem war er vor einem Jahr bei einem Verkehrsunfall ums Leben gekommen.

Doch jetzt stand er da!

„Na, wie geht es nach der Auferstehung, altes Haus?“, rief Schlotrop herüber. Er war auf eine verwirrende Art gut gelaunt.

Sein vermeintlicher Bruder suchte mit dem Kind wortlos das Weite. Er rannte, als ginge es um sein Leben. Der Junge stolperte fast, weil er nicht so schnell rennen konnte, wie sein Vater.

„Na, dann eben nicht, du oller Zombie!“, rief Schlotrop ihm wütend hinterher und schlurfte weiter. „Mein Gehirn bekommst du nicht.“

Den Spaten hatte er mittlerweile als Gehstock entdeckt, der auf den Gehwegplatten entlang kratzte. Ein grässlich metallisches Geräusch, das allen Anwohnern durch Mark und Bein ging, nur Schlotrop nicht. Ihm schien das nichts auszumachen. Vielleicht war es für ihn so etwas wie Musik, Engelsmusik möglicherweise.

Längst hatten seine Nachbarn, die Zeugen dieses makaberen Spektakels, begriffen, dass Schlotrop wohl den Verstand verloren hatte und etwas Fürchterliches passiert sein musste oder umgekehrt. Aber das war letztlich egal. Auf jeden Fall war die Polizei alarmiert, auch ein Krankenwagen.

Als von Ferne die schrillen Martinshörner zu hören und die grellen Blaulichtintervalle zu sehen waren, gelang es Schlotrop unbemerkt von der Bildfläche zu verschwinden. Er floh nicht, er flüchtete nicht, er wollte sich nirgends verstecken. Dieser Ton aus einem Martinshorn hatte es ihm angetan. Da wollte er hin. Auf Pfaden, die nur Einheimische kannten, hatte er sich auf den Weg gemacht. Seine irrlichternde Aufmerksamkeit war voll und ganz auf dieses Martinshorn gerichtet, das ihn an irgendetwas erinnerte.

Er kam dem Geräusch entgegen, er kannte den Weg dahin. Dann plötzlich trat er aus einem schmalen, von überhängendem Laub verdeckten Weg, der zwischen zwei Grundstücken entlang führte, auf die Straße. Er stand auf der Fahrbahn. Der knallrote Krankenwagen raste auf Schlotrop zu. Und nun ging alles sehr schnell. Zwischen den beiden Sanitätern im Fahrerhaus entdeckte er – Marlies!

Da war sie ja endlich. Schlotrop war erleichtert. Ihm fiel nicht sofort auf, dass sie nicht zwischen den beiden Männern saß, sondern oben an der Decke des Fahrerhauses zu schweben schien. Marlies hatte ein weißes Kleid an. Nein, korrigierte er sich, doch kein Kleid – eher so eine Art Umhang, strahlend weiß. Ihr Haar war nicht dunkel, sondern blond und gelockt. Wie ein Engel sah sie aus. Aber was hielt sie in ihren Händen nah am Mund? Sah aus wie eine rote Trompete. Rot? Was war das für ein Quatsch! Trompeten waren silbern, golden, aus Messing, aber doch nicht rot!

Und doch: Es erinnerte ihn an etwas aus seinem Garten, an den Strauch, der fehlte und an die Blüten, die an ihm gewachsen waren. Der Wahn fiel einen Augenblick wie Schuppen von seinen Augen. Genau, das war es! Schlotrop triumphierte. Über Nacht war die Engelstrompete aus dem Garten verschwunden. Der Strauch mit den wundervollen, trompetenförmigen Blüten, die so herrlich dufteten. Das war es gewesen, was ihm aufgefallen war an jenem Morgen.

Diese Erkenntnis hatte sich aus dem Vergessen, durch irrsinniges Gestrüpp bildhaft an die Oberfläche gearbeitet. Und nun fügte sich eins zum anderen. Marlies und ihr Neuer wollten ihn mit dem Tee aus Engelstrompete aus der Welt schaffen.

Darüber konnte Schlotrop nur lachen.

Also, er hätte etwas anderes genommen. Fingerhut vielleicht oder Knollenblätterpilz oder etwas in der Art.

Eine Gasexplosion hätte es auch getan.

Schlotrop kicherte in sich hinein. Mein Gott, waren die dämlich.

Der Krankenwagen hatte ihn fast erreicht. In den grellen Warnton, der für Schlotrop aus der roten Engelstrompete zu kommen schien, mischte sich ein anderes Geräusch. Quietschende Reifen. Action, dachte Schlotrop und ein heißer Luftschwall, der ihm den Atem nahm, traf ihn frontal.

Eine Handbreit vor Schlotrop kam der Wagen zum Stehen, von einhundertfünfzig auf null in wenigen Augenblicken. Ein intensiver Geruch nach verbrannten Reifen lag in der Luft.

Die schwarzen Schmetterlinge

Mit einem gedämpften Knall sprang die Tür auf, das Glas in der Scheibe vibrierte, beruhigte sich aber bald wieder. Der Lichtstrahl einer Taschenlampe zwängte sich durch den Türspalt und kroch über den Boden. Eine dunkle Gestalt trat ein. Viel war von ihr nicht zu erkennen. Nur eine Hand, die in einem weißen Latexhandschuh steckte und eine Taschenlampe hielt, schälte sich aus der Dunkelheit. Der Einbrecher schloss die Tür, die in den Angeln etwas quietschte. Aber darauf achtete er nicht und sonst war niemand da. Der Botanische Garten lag außerhalb der Stadt, nachts war es hier wie ausgestorben. Der Einbrecher ging zielstrebig am Büro vorüber und ließ Geldkassetten, nagelneue Computer und andere Wertgegenstände, die nachts eigentlich nur darauf warteten, gestohlen zu werden, links liegen. Diese Dinge interessierten ihn nicht. Sein Ziel war das Gewächshaus und dort jener Bereich, in dem man nichts anfassen, Pflanzen nur aus sicherer Entfernung bestaunen durfte. Cannabis, Schwarzes Bilsenkraut, Tollkirsche wuchsen dort und auch Pflanzen, die ihr hochgiftiges Potenzial entfalteten, sobald man ihnen zu nahe kam.

Der Einbrecher blieb am Eingang der Ausstellung stehen und ließ den Lichtkegel über Grünes, Blüten und Früchte sowie über Stein und Glas schweifen. Und dann verharrte der Lichtkegel im gründunklen Dickicht. Der Dieb hatte gefunden, wonach er gesucht hatte. Cannabisblätter stopfte er in rauen

Mengen in den mitgebrachten Rucksack. Und auch eine andere Pflanze, wegen der er die Handschuhe trug. Blätter und unreife Früchte dieser Pflanze legte er in eine Plastiktüte und verschloss sie sorgsam.

Bevor der Eindringling davonschlich, drapierte er etwas Federleichtes direkt auf dem geplünderten Beet, auf einem leer gepflückten Stängel. Nicht zu übersehen. Diese Spur war ziemlich dick aufgetragen, das wusste der Einbrecher. Aber er wusste auch, dass sie ihr nachgehen würden. Ihnen blieb nichts anderes übrig.

Und dann würden sie ihn finden, endlich. Aber erst in ein paar Tagen. Heute war Samstag, per Zeitschaltuhr sickerte Wasser in den Boden. Bis Ende nächster Woche kam hier niemand vorbei.

Bis dahin würde es passiert sein.

Zur selben Zeit, nur ein paar Kilometer entfernt, katapultierte ein grässlicher Traum Ronny aus dem Schlaf. Ihn, den Traum aller Frauen. Zumindest glaubte er das von sich.

„Was ist los?“ Jenny rekelte sich verschlafen neben ihm. Er glaubte todsicher, dass sie von ihm fasziniert war, seit zwei Wochen unwiderstehlich. Ziemlich lange Zeit, wenn man bedachte, dass seine Techtelmechtel selten länger als vier Wochen dauerten. Doch davon wusste Jenny noch nichts.

Von dieser Seite her betrachtet, lag er eigentlich ganz gut im Rennen. Halbzeit, Bergfest – eigentlich ein Grund zum Feiern, zumindest für ihn. Aber der Traum heute Nacht war nicht danach gewesen, der war alles andere als feierlich. Irgendein Ungetüm hatte ihn mit spitzen Klauen an den Eiern gepackt und in einen Abgrund gezogen. Du liebe Scheiße, das tat vielleicht weh!

Ronny stöhnte auf.

„Mensch, Ronny, das klingt ja schaurig. Was ist denn los?“, fragte Jenny noch einmal, jetzt munter geworden. Sie schaute auf den Wecker, der neben dem Bett auf dem Nachttisch stand. Die Zeiger leuchteten blau, es war halb vier.

„Nichts, bloß blöd geträumt. Schlaf weiter“, entgegnete Ronny. Für den Rest der Nacht blieb er munter und starrte an die Decke.

Zum Frühstück brühte sich Ronny einen extrastarken Kaffee auf. Er hatte Ränder um die Augen und machte einen muffeligen Eindruck.

„Mathilde hat uns für heute Abend zur Party eingeladen. Da gehen wir doch hin, oder? Ich hab ihr viel von dir erzählt. Sie will dich unbedingt kennenlernen.“ Jenny hatte ausgeschlafen und war gut drauf.

„Och, weiß nicht. Eigentlich will ich nicht. Können wir nicht hier bleiben?“, maulte Ronny. Oder woanders hingehen, dachte er.

Mathilde wollte er nicht über den Weg laufen. Aber davon musste Jenny nichts wissen.

Doch ihm würde nichts anderes übrig bleiben. Jenny quengelte so lange, bis er, noch immer erschöpft von der schlaflosen Nacht, nachgab.

Eine fatale Entscheidung.

Hätte er statt Bergfest, das vorzeitige Ende der Liaison im Kopf gehabt und Jenny sausen lassen – zur Party oder sonst wohin, wäre nichts weiter passiert. Aber so …

Die Party war im vollen Gange, als beide am Einfamilienhaus mit üppigem Garten ankamen. Der war mit bunten Lampions geschmückt.

Jenny klingelte, Mathilde öffnete die Tür.

„Hallo Jenny“, begrüßte sie ihre Bekannte und warf Ronny einen unergründlichen Blick zu. Jenny achtete darauf nicht. Sie ahnte nicht einmal, dass Mathilde und Ronny sich von früher her – nun ja – kannten.

Mathilde wusste, dass seine neueste Strohflamme Jenny war.

„Hi, meine Liebe, schön dass du … dass ihr gekommen seid. Kommt herein und nehmt euch … was zu trinken, zu essen. Im Garten steht ein Tisch mit allem. Manfred hat das organisiert. Er ist mein großer Bruder. Seit ein paar Wochen wohnt er hier. Kennst du ihn eigentlich?“

Hätte Jenny etwas genauer hingeschaut, wäre ihr ein Schatten in Mathildes Blick und ein Flattern in ihren Augen nicht entgangen.

„Nö, bisher noch nicht. Und ihr wohnt zusammen?“ Sie sah Mathilde etwas befremdlich an, Ronny sagte nichts.

„Nicht richtig. Er geht in ein paar Tagen für immer nach Australien. Dann bin ich wieder für mich.“

„Für dich? Gibt es keinen starken Body in deinem Leben?“ Jenny lachte.

Längst hatten beide Frauen Ronny stehen lassen und plauderten ein bisschen. Sie hatten lange keine Gelegenheit dazu gehabt.

Anfangs stand Ronny da, steif und unbeweglich wie ein Gehstock, den man an der Garderobe abgestellt und einfach vergessen hatte.

Schon als Mathilde ihm flüchtig ins Gesicht gesehen hatte,

fing er an, sich zu erinnern und gleich darauf sich zu ärgern. Verdammt noch einmal, was die damals bloß gehabt hatte. Nun gut, alle hatten ein bisschen zu viel getrunken und geraucht. Und zum Schluss waren nur er und die schöne Mathilde ... War doch schön gewesen nach der Party. Da im Park, im Gebüsch, gleich neben der Bank. Die Laterne war im Eimer gewesen. Doch der Mond hatte geschienen und er hatte sich auch so zurechtgefunden. Aber deswegen gleich so einen verdammten Aufstand zu machen. Zu schreien, zu wimmern, ihn zu schlagen, ein Büschel seiner Haarpracht auszureißen und dann auch noch die Polizei ... Aber da war nix gewesen, jedenfalls nichts, was sie am Ende interessiert hätte. Nein, das konnte doch alles nicht wahr sein! Ronny empörte sich, als wäre ihm eben gerade das größte Unrecht seines Lebens widerfahren. Er überlegte tatsächlich, wie er auf der Stelle für Genugtuung sorgen konnte. Er war doch super gewesen, was sie bloß hatte! Diese verdammte Mathilde! Er schüttete ein Bier nach dem anderen in sich hinein und zerbrach sich ab dem sechsten Bier den Kopf darüber, wie er Mathildes Party in Schutt und Asche legen konnte.

Nachdenken war nicht Ronnys Stärke. Das wusste er aber nicht. Die Musik, das Stimmengewirr um ihn herum, all das störte ihn dabei, seinen ach so munteren Gedanken nachzugehen. Doch wenn er ehrlich mit sich gewesen wäre, hätte er bemerkt, dass das echte Penner waren! Um sie nicht zu stören, wollte er jetzt seine Ruhe.

Ronny ging in den Teil des Gartens, der ruhiger, aber auch ein bisschen dunkler war. Irgendwann hatte er das Gefühl, dass er hier nicht allein war, dass ihm jemand folgte, auf leisen, leicht raschelnden Sohlen. Aber es war zu vage, als dass er sich näher damit beschäftigte und irgendwann dann auch zu spät. Denn plötzlich bekam er einen heftigen Schlag auf den Hinterkopf und dann flog er der Länge nach ins Erdbeerbeet. Bevor Ronny für ein paar Minuten ohnmächtig wurde, bemerkte er, dass jemand seinen Kopf anhob und ihm irgendwas ins Gesicht rieb. Wie früher als sie Kinder gewesen waren mit Schnee. Nur das hier … Was zum Kuckuck … Aber dann war es erst einmal duster für ihn.

Doch kurz darauf trieb ihn ein grässliches Jucken und Brennen wieder ins Bewusstsein zurück. „Au, verdammt, was ist denn das?“, brüllte Ronny in die Nacht.

Mathilde, Jenny und andere Gäste kamen angerannt. Jemand brachte eine Laterne mit, die Ronny in der Dunkelheit aufspürte und allen vor die entsetzten Augen führte. Ihnen bot sich ein grausiges Bild. Ronny, der eben noch smarte, sportlich gebräunte Ronny, war im Gesicht, an Armen und Beinen, also an Körperstellen, an denen bei sommerlichen Temperaturen an Kleidung gespart wurde, mit knallrotem Hautausschlag und Schwellungen übersät.

„Was ist das für ein verdammter Mist!“, fluchte er. „Und jucken tut das. Mann …“

„Ronny, was ist denn bloß passiert?“ Jenny war entsetzt, erst über den Schrei und dann über ihren hässlich gewordenen Liebsten und beugte sich fürsorglich über ihn.

„Keine Ahnung! Woher soll ich das wissen. Ich bin hier hingeflo… nein, gestoßen worden!“ Was war das hier bloß für ein verdammter Laden!

„Komm, hab dich mal nicht so. Steh einfach wieder auf. Vielleicht hilft kaltes Wasser!“, meinte die Gastgeberin Mathilde und stellte ihn gemeinsam mit Jenny auf die rot gesprenkelten

Beine. Allein schaffte er das nicht. Zwischendurch kratzte er sich hier und da.

„Mein Gott, wo sind Sie da bloß hineingefallen?“, wunderte sich eine der anwesenden Damen und leuchtete mit einer anderen Lampe ins Beet. Sie hatte Brennnessel, irgendeine andere Nesselart, eventuell dorniges Gestrüpp oder vielleicht Erdhummeln oder so, erwartet, aber da waren tatsächlich nur Erdbeeren, nichts weiter.

„Wie können simple Erdbeeren derart die Haut traktieren, dass es fast wie Verbrennung dritten Grades aussieht, und schmerzen? Kann mir das mal jemand erklären?“, fragte die Dame und schaute, ihr Blick wurde begleitet vom Licht ihrer Taschenlampe, höchst verblüfft in die Runde.

Bevor Ronny etwas von der Ab-, nein Einreibung sagen konnte, wand er sich in Magenkrämpfen, erbrach sich und hatte gleichzeitig die Hose voll. Das Ganze war nicht mehr feierlich und deshalb wurde jetzt ein Krankenwagen gerufen, der bereits nach zehn Minuten da war.

Bevor Ronny in den mobilen Behandlungsraum geschoben wurde, stand plötzlich die Dame mit der Funzel neben ihm. Er sagte: „Da war nichts im Beet. Da war ...“ Weiter kam er nicht. Er schrie auf. Eine weitere Bauchkolik hatte ihn fest im Griff. Er musste das Zeug wohl auch in den Mund bekommen und verschluckt haben.

Schon am nächsten Tag konnte er das Krankenhaus wieder verlassen.

Vielleicht hatte sie im Krankenhaus nachgefragt, vielleicht hatte es ihr aber auch Jenny erzählt, dass Ronny wieder zu Hause war, auf jeden Fall rief Mathilde an.

„He Ronny, tut mir leid, was da auf der Party passiert ist. Ich kann mir das auch nicht erklären. Was haben denn die Ärzte gesagt?"

„Die konnten sich das auch nicht erklären. So ein schwarzes Gefussel haben sie gefunden, unter der Lupe beäugt und ratlos mit den Schultern gezuckt. Letztlich haben sie irgendetwas von einer Allergie erzählt und mir eine Salbe in die Hand gedrückt. Soll gegen das verdammte Jucken und Brennen helfen. Gegen das Bauchgrummeln gab es Tropfen. Aber ich will dir was sagen: Da war nichts ..."

„Ja, ich weiß ..."

„Was, du weißt ...?"

„Na ja, klar, ich habe nachgesehen. Nur Erdbeeren, nichts weiter. – Aber weißt du was? Ich lade dich auf eine Friedenspfeife ein. Wegen gestern und ich denke, wir haben da noch etwas zu besprechen. Wie sieht es aus, kommst du?" In Ronnys Ohren klang das verheißungsvoll.

Ronny, der lädierte Wonderboy, überlegte, fand aber keinen Haken bei der Sache. Im Gegenteil, er verspürte ein eigenartiges Kribbeln im Bauch. Er hatte es ja gewusst, er hat es schon immer gewusst, dachte er. Sie hatte nur übertrieben. Ich habe es doch gewusst. Na gut, Schwamm drüber. Ronny kam sich jetzt sehr großzügig vor.

Ob da noch was ging?

„Okay, ich komme. Wann? 20 Uhr?", schlug Ronny vor.

„Einverstanden!", entgegnete Mathilde. „Also dann, bis morgen."

Ronny hatte eine Flasche Rotwein gekauft und klingelte ein paar Minuten früher an der Tür.

Doch statt Mathilde, öffnete Manfred.

Verdammter Mist, was wollte der denn hier?, grollte Ronny.

„Wo ist Mathilde?“, fragte er enttäuscht.

„Sie kommt gleich“, entgegnete Manfred und trat von der Tür zurück, um Ronny einzulassen: „Hinten links, geh schon mal durch.“

Er ging in das halb geöffnete Zimmer und setzte sich an den Tisch.

Ronny hatte gehofft, nein, ganz sicher damit gerechnet, dass er und Mathilde heute Abend ... nun ja, jetzt war auch dieser Manfred da. Wer soll das sein? Ihr Bruder? Tja, dann musste der neu sein, dachte Ronny. Er glaubte sie so gut zu kennen, dass irgendein Bruder in ihrem Leben noch nicht einmal als Schatten aufgetaucht war, geschweige denn leibhaftig. Nur von einer Schwester wusste er, aber die lebte in Amerika. Vielleicht ein Halbbruder? Immerhin möglich. – Na gut, also Manfred. Mann, war das ein blöder Name. So altmodisch. Also, wenn Bruder, dann war der älter als sie. Alt sah er auch aus. Asbach. Irgendwie alt geworden und er hatte tatsächlich schon viele graue Haare auf dem Kopf. Sah nicht gut aus, der Junge, Pardon der alte Herr. Ronny kicherte. So ein bisschen übernächtigt und so ein bisschen fahl im Gesicht, als wäre er starker Raucher. Aber nach Rauch hatte an dem nichts gerochen. Eher wie eine Woche nicht gewaschen. Das passte zu ihm. So wie der aussah und sich gab, wie aus der Besenkammer oder so: Abgestellt und abgestanden.

Wo blieb Mathilde bloß?

Die Tür ging auf. Doch wieder stand Manfred in der Tür und nicht Mathilde. Er war zurechtgemacht wie ein Butler. Ronny reichte es langsam. Was sollte denn das? Manfred hatte Handschuhe aus Latex übergestreift und trug ein silbernes

Tablett vor sich her. Darauf rollte etwas im Halbkreis, vor und zurück.

„Hier die versprochene Friedenspfeife", verkündete Manfred und stellte das Tablett auf den Tisch.

Soso, dachte Ronny, hatte sie ihm das also erzählt.

Zwischen Daumen und Zeigefinger der rechten Hand hob er den knapp zehn Zentimeter langen Joint hoch.

„Sie bittet dich, schon mal anzufangen. Wie damals, meint sie. Du wüsstest dann schon", sagte Manfred und schaute Ronny mit fiebrigen Augen an.

In der Tat, dachte Ronny, wie damals. Er hatte den Joint zwischen den Lippen und dann war sie gekommen, schon ein bisschen betrunken. Und dann ... okay, fangen wir schon mal an. Bei Ronny kribbelt's. Er hatte Schmetterlinge im Bauch, wie damals, nachdem sie sich zu ihm gesetzt hatte.

Wenn Ronny mit seinen Beobachtungen etwas anfangen könnte, hätte er bei Manfreds Handschuhen stutzig werden müssen. Und dann wären in Ronnys Hirn möglicherweise Fragen aufgetaucht und die Angelegenheit hätte für Ronny glimpflich ausgehen können. Aber so ignorierte er Manfred und schaute nur erwartungsvoll zur Tür. Ronny wurde auch nicht misstrauisch, als er sich den Joint genüsslich anzündete und Manfred fluchtartig den Raum verließ, die Tür zumachte und fast lautlos abschloss. Ronny hatte noch nicht bemerkt, dass er gefangen war, und zog den ersten Zug ganz tief ein. Herrlich, dachte Ronny, viel besser als frische Luft! Ah! Dann paffte er und paffte, es qualmte wie aus einem Schlot und dann inhalierte er eine riesige Wolke. Ja, und gleich kam Mathilde! Jetzt könnte sie aber wirklich langsam ...

Doch plötzlich hatte Ronny das Gefühl, als würde in seiner

Lunge ein Glasklumpen explodieren und die scharfen, abgesprengten Splitter sich tief und schmerzhaft in die Schleimhaut wühlen. Zeitgleich schienen, wie aus heiterem Himmel, Hunderttausende spitze Glassplitter auf ihn niederzuprasseln und seltsamerweise nur im Gesicht und auf den Händen, also da, wo er unbekleidet war, stecken zu bleiben. Der plötzliche Schmerz signalisierte diese Einschläge. Es brannte und juckte höllisch, als hätte der Teufel mal kurz hereingeschaut und grinsend ein Geschenk da gelassen, das man nicht mehr los wurde. Wie auf der Party, nur heftiger.

Den Joint hatte Ronny fallen gelassen. Die Tüte rauchte irgendwo auf dem Fußboden vor sich hin und machte alles nur noch schlimmer. Aber das bekam Ronny gar nicht mehr mit. Der hatte mit sich zu tun. Es waren nicht nur die Schmerzen, nicht nur das Brechen und Würgen und auch nicht die Hautausschläge, die aussahen wie Verbrennungen 3. Grades, rot, geschwollen und mit Blasenbildung. Es war vor allem die Atemnot, die ihm zeitweise stark zu schaffen machte. Denn das, was gerade mit seiner Haut passierte, passierte auch mit den überaus zarten und empfindlichen Schleimhäuten in der Lunge, mit dem Ergebnis, dass sie anschwollen und Ronnys Lunge langsam dichtmachten.

Doch noch war Ronnys Atemorgan nicht versiegelt.

Ronny lag am Boden und japste nach Luft. Jetzt öffnete sich die Tür. Jemand stand im Ganzkörperanzug da und glotzte zu ihm herüber. Sogar Gesicht und Hände waren verhüllt. Er trug außerdem eine Laborbrille und eine Atemmaske. So klinisch rein sah das aus, als wäre das hier ein Labor und Ronny die Ratte. Aber Ronny war keine Ratte, zumindest keine Laborratte. Denn Manfred wusste ganz genau, was mit Ronny passierte, er musste das nicht testen. Deswegen hatte er ja einen Anzug an, der ihn schützte und Ronny nicht.

„Was soll das, Mathilde?“, röchelte Ronny.

„Von wegen – Mathilde. Bist du noch bei Trost? Du glaubst doch wohl nicht im Ernst, dass sie mit dir noch mal allein sein will!“

Langsam dämmerte es Ronny, dass seine Blödheit den Bogen mit ihm überspannt hatte.

„Verdammte Scheiße, was wird das hier?“, japste er.

„Na, was glaubst du wohl, was das hier werden soll. Ein Fest, aber nicht für dich!“

„Ach, für dich etwa oder wie? Wer bist du Pfeife überhaupt?“

In seiner Lage nahm Ronny den Mund ziemlich voll.

„Ich? Das geht dich nichts an! Am besten, du hältst deine Klappe!“

Aber Ronny redete im Rahmen seiner Möglichkeiten weiter.

„Wo warst du überhaupt? Zu Hause bei Fußball und Bier oder wie? ...“ Ronny bekam einen Husten- und dann einen Würgeanfall. Er japste und pfiff zunehmend aus dem letzten Loch.

Ronny konnte nicht sehen, dass Manfred ganz weiß im Gesicht wurde, als dieser beklommen sagte: „Nicht weit entfernt. Ich hab auf sie gewartet.“

Ronny röchelte und sprach immer undeutlicher. Nur seine Bosheit war nicht kleinzukriegen.

„Boahhhh ... nicht gehört ... zuuh ... leise? Ohhh ... hahaha ...st du fürn Typ?“

Das einzige und zugleich letzte Mal war Ronnys Blödheit auf seiner Seite, weil es sein qualvolles Sterben abkürzte.

In Manfred brodelte es wie in einem Vulkan. Doch er setzte

seinen Fuß ganz sacht auf Ronnys Hals, drückte dann aber unerbittlich zu. Ronny schnappte vergeblich nach Atemluft und zappelte wie ein Fisch an Land. Aber nicht lange, dann war Ronnys Röhre dicht und er tot.

Manfred knipste das Licht aus und schloss die Zimmertür. Im Flur zog er vorsichtig, damit er mit den Ablagerungen aus dem kontaminierten Rauch nicht in Kontakt kam, den Schutzanzug aus und verließ kurz danach das Haus.

Zwei Tage später stand die Polizei vor der Tür.

„Bitte noch einmal zum Mitschreiben", seufzte Assistenz Klaus Murdoch. „Was hat uns ausgerechnet vor diese Tür geführt?" Die Frage galt Lisa Knoblich. Sie leitete die Ermittlungen. Im Grunde verspürte sie keine Lust auf lange Ausführungen. Doch sie raffte sich auf, ihrem Mitarbeiter, der eben erst seinen Dienst angetreten hatte und noch gar nichts wusste, in die Materie einzuweihen. Sie mussten ohnehin auf Spezialkräfte warten und hatten Zeit.

„Also: Heute Morgen bemerkte die Leiterin des Botanischen Gartens die aufgehebelte Tür und die gestohlenen Pflanzen: Cannabis und irgend so ein giftiges Zeug. Und auf einem geplünderten Stängel war ein Haarbüschel drapiert, nicht eben frisch geschnitten, sondern schon älter und mit Haarwurzeln. Und den Typ, auf dessen Kopf die Haare gewachsen sind, hatten die Kollegen schon einmal am Wickel: Ronny Siegert. Vorwurf der Vergewaltigung, zum Nachteil von Mathilde Kraubler. Sie mussten ihn aber laufen lassen."

„Warum nicht dabehalten?", erkundigte sich Murdoch knapp.

„Aussage stand gegen Aussage: Er beharrte auf einvernehmlichem Sex, sie behauptete das Gegenteil. Man konnte ihm nichts nachweisen. Steht so in den Akten."

„Wen suchen wir eigentlich? Sie oder ihn?"

„Anfangs haben wir nur ihn gesucht. Er hat irgendetwas mit dem Einbruch zu tun. Wir also hin zur Meldeadresse und da war nur eine Jenny Irgendetwas. Die war hysterisch und verheult und eben dabei, mit einem Koffer nicht nur die Wohnung, sondern wohl auch ihren Ronny zu verlassen. Sie schimpfte auf ihn. Vor zwei Tagen wäre er zu ihrer Freundin Mathilde, sie wollte er nicht dabei haben und so weiter. Seit wir den vollständigen Namen von Mathilde haben, suchen wir beide", erläuterte Lisa Knoblich.

Sie hatte bereits dreimal geklingelt. Hinter der Tür war alles still.

„Wir sollten reingehen", meinte Murdoch. „Gefahr im Verzug oder wie siehst du das?"

Lisa Knoblich nickte und winkte einen stämmigen, uniformierten Kollegen heran.

„Mach die mal bitte auf. Du weißt schon", wies sie ihn an und zeigte auf die Tür, die ein beherzter Tritt mit dem gestiefelten Fuß aus den Angeln fliegen ließ.

Sie knipste das Licht an. Das Erste, was Lisa Knoblich ins Auge fiel, war der weggeworfene Schutzanzug, der zerknüllt in einer Ecke lag.

Lisa Knoblich runzelte die Stirn. Dann öffnete sie eine Tür nach der anderen. Schließlich fand sie die mit Hautausschlag übersäte, blau angelaufene Leiche, der die Zunge seitlich aus dem Mund hing, wie bei einem toten Rindvieh. Lisa hatte schwungvoll die Tür aufgestoßen, ging in dem Zimmer hin und her, wirbelte dabei viel Staub auf und beugte sich über den

Toten. Plötzlich brannten ihre Augen höllisch und es juckte im Gesicht.

„Los, raus hier“, rief Murdoch, entsetzt über den plötzlichen Hautausschlag im Gesicht seiner Vorgesetzten.

„Hier ist irgendetwas in der Luft“, konstatierte Murdoch, der den heruntergebrannten Joint gefunden und plötzlich auch den Geruch dazu in der Nase hatte.

Er half ihr auf. Im Bad wusch sie Gesicht und Hände.

„Menschenskinder, so was Blödes aber auch“, schimpfte Lisa plötzlich los. Ihr war etwas eingefallen, dem sie vorher keine besondere Bedeutung beigemessen hatte.

„Die Botanikerin hat mich gewarnt. Die zweite gestohlene Pflanze ist eine ganz besondere Giftpflanze.“

„Ach so?“, meinte Murdoch verwundert.

„Hör genau zu, das könnte mit den Anschuldigungen Mathilde Kraublers gegenüber diesem Siegert zu tun haben. Die zweite gestohlene Pflanze ist Giftsumach oder Giftefeu oder Gifteiche – ganz wie du willst. Drei Namen für dieselbe Übeltäterin. Sie enthält das stärkste natürlich vorkommende Kontaktgift. Oder anders gesagt: Sobald man dieser Pflanze zu nahe kommt, versprüht sie ihr schreckliches Gift. Symbolisch für diesen Fall. Tödlich nicht unbedingt beim ersten Kontakt, der aber sofort eine Allergie herausbildet. Beim zweiten Kontakt schlägt die Pflanze dann unerbittlich zu – du verstehst? Zwar nicht immer tödlich, doch hier schon“, erläuterte sie ihrem Kollegen.

„Ich verstehe und ich verstehe auch, wie man das alles weiträumig in der Luft verteilen kann: mit dem Joint! …“, ergänzte er.

„Genau, die Allergene verbrennen nämlich nicht, sondern

fliegen unversehrt durch die Gegend. Ziemlich tückisch. Das war alles gut durchdacht." Schwang Anerkennung in ihrer Stimme mit?

„Oh Mann, der Typ muss total down gewesen sein zum Schluss!", bilanzierte Murdoch diesen Mord.

„Ja, das Gift verteilt sich in Luft und Lunge. Hast du die schrecklich entstellte und abstoßende Visage von dem Kerl gesehen?" Lisa Knoblich verzog angewidert das Gesicht.

„Hab ich und ich fürchte, wir müssen jetzt mit höchster Priorität nach Mathilde Kraubler fahnden!"

„Das fürchte ich auch."

Mehr als einen Tag vorher auf dem Frankfurter Flughafen.

Mathilde und Manfred hatten das gemeinsam zu Ende gebracht. Sie umarmten sich ein letztes Mal. Dann nahm jeder einen anderen Flieger.

Überlebensmodus

Robert Birklind erfüllte sich einen verzweifelten Traum. Er verkroch sich in der Stille und Einsamkeit Maines, in den endlosen Kiefern- und wenigen Laubwäldern dieses kleinen, überaus holz- und pflanzenreichen Bundesstaates im Nordosten der USA an der Grenze zu Kanada und schminkte sich wie ein Indianer, der sich auf dem Kriegspfad befand, grün und schwarz im Gesicht. Er aß Wurzeln und Beeren, Käfer und Maden und versuchte auch mal einen Hasen zu fangen, was ihm jedoch misslang.

Jeden Tag stand er zwischen den Bäumen und stellte sich vor, wie es wäre, wenn er hier Wurzeln schlagen würde und einer von diesen Riesen wäre, mit Hunderttausenden Nadeln bewehrt, die jeden Angreifer blutend zurückzucken ließen. Doch er ging jeden Tag weiter. Er verschwand nicht unauffindbar zwischen Millionen von Bäumen. Länger als zehn Minuten verharrte er selten in der langweiligen Pose eines Baumes, Arme und Finger von sich gestreckt und die Fußzehen in die Erde gekrallt. Wobei ihm selbst nicht so richtig klar war, was er hier eigentlich wollte: sich auf eine schräge Art erholen oder einer von ihnen werden. Oder einer Squaw begegnen, die nur für ihn da war und für niemanden sonst. Die wusste, wo es langging und ihm einen Weg aus dem eigenen Dickicht zeigen konnte, am besten in die ewigen Jagdgründe.

Am liebsten jedoch heulte er wie ein Wolf, ob es nun Tag war oder Nacht, ob Vollmond am Himmel stand oder nicht, und zerfetzte, was ihm in den Weg kam. Aber das waren nur Äste, Zweige, nichts Ernstes. Gut, dass ihn niemand sah und er mit seinem Wolfsblick niemanden entdeckte. Bald war es ihm hier zu still und viel zu friedlich ringsum.

Für ein paar Tage ging Birklind nun ans Meer, an die raue, schroffe, wild zerklüftete Felsenküste Maines. Das ungeheure Brüllen und Tosen des gewaltigen und, wie Birklind fand, zornigen Atlantiks, die Gischt, die in großen Fetzen durch die Luft waberte, hinterließ einen tiefen Eindruck in ihm. Und einen sehr lebendigen. So zornig konnte man sich also gebärden, durchfuhr es ihn. So zornig.

Er konnte das nicht und er wollte das nicht, obwohl er allen Grund dazu gehabt hätte.

Von irgendwoher prasselte plötzlich Meerwasser auf ihn nieder. Wie ein malträtierter und gleichzeitig mit eiskaltem Wasser im Zaum gehaltener Hund verharrte er nun auf dem zerklüfteten Felsen. Er starrte das Meer an, als würde er es für die kalte Dusche hassen und fing, kaum hörbar, an zu knurren. Dabei war es nicht das Meer, das er hasste. Es war ein anderes Desaster, das ihm noch immer in den Knochen steckte, das jetzt vor seinem inneren Auge stand: drei fröhliche Menschen – Mutter, Kind und noch jemand. Die Erinnerung daran wirkte auf ihn, als würde ihm ein Pflock ins Herz getrieben.

Bevor Birklind nach Hause flog, sammelte er am Rand eines schattigen und etwas feuchten Laubwaldes eine ganz besondere Pflanze, die Wilde Limone. Zugegeben, eine wilde Simone wäre ihm lieber gewesen, aber die wuchs hier nicht. Dafür aber die Wilde Limone, zu der man auch Amerikanischer Maiapfel sagen konnte. Jetzt, Mitte September, so kurz vor dem Indianischen Sommer, der alle Bäume über Nacht so bunt färbte, als wäre jedes Blatt in einen anderen Farbeimer gefallen, war sie reif. Die Früchte waren zitronengelb und erinnerten an kleine Handgranaten. Die Blätter waren riesig wie Elefantenohren, gefurcht und gespreizt wie Entenfüße und wie nickende Schutzschilde um die Früchte angeordnet. Das sah toll aus, fand er, irgendwie wie ein Dach über dem Kopf.

Mit Stumpf und Stiel riss er mehrere der etwa hüfthohen Exemplare aus der Erde, entfernte das Grünzeug von den Wurzelstöcken und stopfte das knotige Rhizom, das an Alraune erinnert, in einen luftigen Stoffbeutel. Zaghaft probierte er eine der Früchte. – Sie schmeckte süßsauer. Nicht schlecht, dachte er. Und dann grummelte es ein bisschen in seinem Bauch. Mehr passierte nicht. Aber das hat er vorher gewusst. Birklind war ein Pflanzennarr. Ja, tatsächlich, so etwas gab es.

Die Wilde Limone hatte er gegen seine Verstopfungen entdeckt.

Aber nicht nur sein Verdauungstrakt war gelegentlich blockiert. Mental sah es bei ihm nicht viel besser aus. Wenn so einer zornig war, sah man ihm das nicht an. Sein Zorn, kaum aufgekeimt, schlug augenblicklich, als würde er schockgefrostet, in stille, starre Verzweiflung um.

Und seine dauerte schon seit geraumer Zeit an. Er lebte am Tiefpunkt und der Aufschwung ließ auf sich warten.

Ein paar Tage nach seiner Rückkehr aus dem wilden Herzen der amerikanischen Ostküste besuchte er sie.

Er wusste, wo sie wohnten. Er besuchte sie spätabends.

Mit belegten Broten, Wasserflasche, Feldstecher im Rucksack und Taschenlampe für den Heimweg ging er bei Einbruch der Dunkelheit los.

Das Haus, in dem sie lebten, hatte Birklind gebaut. Es stand am Waldrand. Seit er die Wälder in Maine durchstreift hatte, wusste er, wie man in einem Wald überlebte, ohne entdeckt zu werden oder Spuren zu hinterlassen, ohne Schaden zu nehmen. Und er hatte gelernt, wie er es sich auf einem Baum gemütlich machen konnte. Auf einer knorrigen Eiche hatte er sich eingerichtet und die wichtigsten Räume des Hauses im Blick: Wohn- und Schlafzimmer. Das Kinderzimmer unterm Dach, in dem Jonathan sein Reich hatte. Nur Bad und Küche lagen auf der anderen Seite. Die Terrasse hatte er voll im Blick. Man konnte sie vom Wohnzimmer aus betreten. Jetzt im Spätsommer waren die Nächte noch warm und die Fenster blieben lange offen oder angekippt.

Die Vorhänge waren nur selten zugezogen, praktisch nie, eigentlich nur im Schlafzimmer. Wer sollte sich hier schon hinstellen und hineinschauen? Füchse? Wildschweine? An Spanner glaubte hier niemand und die erstarrte Verzweiflung Birklinds hatte niemand auf der Rechnung. Also blieben die Gardinen offen, fast immer.

Stimmen aus dem Haus erreichten Birklind im Geäst.

„Los, zeig mal die Hausaufgaben!“, forderte der Kerl im Haus Birklinds Sohn auf.

Jonathan, der bald neun wurde, zog zwei Hefter aus dem Schulranzen und legte sie vor dem Kerl auf den Tisch.

Der las interessiert und aufmerksam, alles ganz genau. Das hatte Birklind so nicht erwartet, ehrlich nicht. Mithilfe des

Feldstechers erkannte er aber, dass die Augen des Kerls gierig über das Papier flogen wie die eines hungrigen Geiers. Birklind begriff, dass der verdammte Kerl in den Hausaufgaben nach Jonathans Schwächen und Fehlern suchte, um sich dann ...

„Na, so ein Quatsch. Eisbären leben doch nicht am Südpol und jagen auch keine Pinguine! Die sehen sich höchstens im Zoo und da passt der Wärter auf, dass der Bär den Vogel nicht rupft. Ich hab es ja gewusst, dumm wie Stulle!", stürzte er sich auf Birklinds Sohn, der nicht ausweichen konnte und den Kopf hängen ließ.

Birklind hörte die schrillen Töne des Kerls wie die eines Brüllaffen und zwischendurch das Schluchzen seines Sohnes.

Warum sagte Rotraut nichts?, ging es Birklind durch den Kopf. Wo war diese blöde Kuh schon wieder? Shoppen, schminken, auftakeln oder was?

„Hör auf zu heulen, du Memme", tobte der Brüllaffe. „Soll ich dir auch noch das Taschentuch holen, oder wie? Na los, aber ein bisschen zackig!"

Jonathan stand auf, um sich ein Taschentuch zu holen.

Als er wiederkam, brüllte ihm der Typ schon entgegen: „Und wehe du verpennst heute Nacht das Pinkeln wieder! Dann tauche ich in jedem deiner Träume als grünes Monster auf, klaro? Egal, was du träumst, ich werde da sein. Und wenn du in Grün träumst, bin ich das schwarze oder das rote Monster, von mir aus auch violett oder gelb oder was weiß ich. Du wirst mich auch in deinen Träumen nicht los! Haben wir uns verstanden?"

Die Dreckssau war außer sich.

So etwas hatte Birklind nie geschafft, nicht als Rotraut sich von ihm trennte und auch nicht als er Jonathan nicht mehr sehen durfte. Er war nicht außer sich, sondern in sich gekehrt, als hätte man einen wichtigen Teil von ihm in einen Keller gestoßen.

Er stellte sich einen kurzen Moment vor wie ein Elitesoldat sein Haus, aus dem Rotraut ihn wegen dieses grenzdebilen Brüllaffen geworfen hat, zu stürmen, verloren gegangenes Terrain – wenigstens nach Quadratmetern – zurückzuerobern, dem Feind das Maul zu stopfen, ihm vielleicht sogar den Hals umzudrehen und seinen Sohn aus der Geiselhaft dieses Unmenschen zu befreien und dann mit Jonathan fortzugehen.

Aber irgendwie scheiterte bereits der erste Schritt.

Er dachte jetzt an die Stille der endlosen Wälder und besann sich. Nein, so ging das nicht. Er durfte das nicht tun! Aber was, verdammt noch mal, wollte er dann hier, wenn er zu feige war, das Haus zu stürmen und Jonathan aus seiner Hölle zu befreien? Warum tat er sich das an? So genau wusste er das nicht. Er wusste nur eins: Weggehen war keine Lösung und dem Kerl den Kopf abschrauben auch nicht.

Doch er wollte das Problem lösen: still und friedlich.

Eben hatte der Kerl Birklinds Sohn geschlagen. Birklind hockte in seiner Astgabel und konnte nichts tun. Aber da war plötzlich, mit einem leisen, tapsigen Geräusch, ein Eichhörnchen neben Birklind im Baum. Es schleppte in der Backe zwei Nüsse ins Winterversteck und wollte eben an Birklind vorbeischlüpfen. Doch der war schneller, packte das Tier und riss ihm den Kopf ab. So etwas hätte er sich in Maine nicht getraut, dort hatte er den Wald vor Augen und nicht die Hölle. Mit dem Kadaver bombardierte er das Haus, die beiden Nüsse klackerten auf die Gehwegplatten und rollten davon. Aber das alles bemerkte niemand.

Birklinds Schmerz, Wut und Zorn blieben im Dunkeln. Als wäre er schwer verletzt, schleppte er sich nach Hause, stieg in den Keller hinunter und knipste in dem fensterlosen Raum das trübe Deckenlicht an. Da lag es vor ihm, zerstückelt und zum Trocknen ausgebreitet im Regal: das Rhizom der Wilden Limone. Es lag auf den Holzbrettern und brütete Birklinds tödlichen Schatz aus. Das Zellgift Podophyllin entstand bereits während der Knospung und Blüte und sammelte sich während der Trocknung im sich herausbildenden Harz der Wurzel an.

Das getrocknete Rhizom war für Birklind so etwas wie ein Schild und eine Waffe, die von Tag zu Tag gefährlicher wurde. Sie war für ihn ein Halt, sein Lebenssinn, den er auskostete. Er fieberte auf den Augenblick hin, bis sie ihre tödlichste Kraft herausgebildet hatte. Genauso wie die Hexe in dem Märchen Hänsel und Gretel auf den Moment hinfieberte, dass der Junge in seinem Käfig fett wie ein Schwein gemästet und reif für den großen Augenblick war.

Doch Birklind konnte sich gedulden. Es dauerte eben alles seine Zeit. Der getrocknete Wurzelstock benötigte zwei Jahre, bis er vor giftigem Harz nur so strotzte. Aber auch schon vorher könnte er damit etwas anfangen. Das lag ganz bei ihm. Doch er genoss die Wartezeit und wartete auf eine günstige Gelegenheit.

Ein Stück daneben auf dem Brett lagen ein paar Früchte der Pflanze, die schon etwas schrumpelig geworden waren. Er schnitt ein Stück ab, schob es sich in den Mund und kaute langsam. Bald darauf tat sich wieder was in seinem Bauch. Es zwickte und grummelte. Mehr richtete die Frucht auch in zwei Jahren nicht an, sie war der harmloseste Teil der Pflanze, im gereiften Zustand ungiftig. Birklind schlug sie leicht und angenehm auf den Magen. Eilig polterte er die Kellertreppen hinauf und verschwand umgehend auf dem Donnerbalken.

Die Wilde Limone hatte heute Abend sein Problem gelöst. Das würde sie auch in Zukunft tun, auf die eine oder andere Weise. Das wusste Birklind und er verließ sich darauf. Und das, fand er, fühlte sich richtig gut und großartig an. Wenn er sich auf etwas verlassen konnte.

Kurz nach einem Anruf von Rotraut stieg Birklind mit Laborbrille und Mundschutz ausgerüstet in seinen Keller hinab, damit seine Schleimhäute keinen Schaden nahmen. Er häckselte das Rhizom des Maiapfels vorsichtig mit einem Wiegemesser, damit es so wenig wie möglich staubte. Dann entkorkte er eine Flasche Wein und schüttete die zerkleinerten Pflanzenteile vorsichtig in das Getränk. Dann setzte er den Korken wieder drauf. Er schüttelte das Ganze und stellte die präparierte Weinflasche ins Regal zurück. Der Wein hatte fast 15 Prozent Alkohol. Mehr ging bei Wein fast nicht, und der war ziemlich teuer. Der Alkohol zog jetzt das Gift aus dem Rhizom in den Wein und würde die Wirkung verstärken.

Eine nicht präparierte Flasche dieses Weins stand noch im Regal und auch die war Bestandteil seines Plans.

Jonathan hatte im Dezember Geburtstag. Birklind war zu den Feiern nie eingeladen. Trotzdem war er in diesem Jahr dabei. Draußen auf dem Baum. Es wunderte ihn zwar ein bisschen, dass ihn bisher niemand im Geäst entdeckt hatte. Aber vielleicht war der Baum zu groß, waren die Stämme und Äste zu dick und er war hier einfach nur perfekt versteckt. Aber eigentlich machte er sich darüber keine Gedanken. Zur Feier des Tages kam er an diesem eiskalten Abend leicht angetrunken, mit ein paar dunkelblauen, aufgeblasenen Luftballons in der Hand, die in der Dunkelheit niemand entdecken sollte, sonst hätten sie ihn verraten, und stieg auf den Baum. Wenn es, wie jetzt, kalt war, waren die Fenster im Haus geschlossen.

Halleluja, dachte er, als er Jonathan im Wohnzimmer entdeckte.

Und dann: Verrecke, du Arsch, als dieser Typ, heute mit einem Haifischlächeln im Gesicht, das Zimmer betrat.

Und dann war da noch diese aufgetakelte Kuh, die eine Geburtstagstorte mit elf brennenden Kerzen in der Hand hielt und schon wieder mehr Geld für Jonathan verlangte. Das hatte sie ihm vor ein paar Tagen am Telefon gesagt.

Doch Birklind hatte abgelehnt, die spinnte ja wohl, bekam den Hals nicht voll. Erst im vergangenen Jahr hatte sie mehr bekommen. Das Limit war erreicht, mehr war nicht möglich. Jetzt war es nur eine Frage der Zeit, bis das brüllende Ungetüm die Sache in die Hand nahm und Birklind terrorisierte.

Heute wurde Jonathan elf. Seit mehr als zwei Jahren kam Birklind einmal die Woche hierher. Er hatte es sich im Geäst fast ein bisschen häuslich eingerichtet, mittlerweile sogar Halterungen ins Holz geschraubt für Feldstecher, Rucksack, Bocksbeutel mit Getränk und so weiter. Mehr als hundertmal war er hier in der Dunkelheit hochgeklettert und nach ein, zwei Stunden wieder hinuntergesprungen.

Heute feierte er hier draußen mit.

Maine war weit weg und das Finale nahte. Er hatte einen Plan und der berauschte ihn wie ein astreiner Joint.

Und dafür musste er nicht einmal über seinen eigenen Schatten springen. Er musste nur warten. Die Gelegenheit kam, todsicher. Und das lag am Geld.

Ein paar Tage nach Jonathans Geburtstag rief Rotrauts Neuer bei Birklind an. War ja klar, dass sie ihren Geldeintreiber losschickte, grollte Birklind. Warum machte dieser Armleuchter kein Inkassobüro auf?

„Ich finde, dass du ein ganz gewaltiges Arschloch bist“, sagte Birklind ganz ruhig in den Hörer, als der Kerl sich meldete. Er hatte einen Plan.

Stille am anderen Ende der Leitung, eine unheimliche Stille. Noch bevor er der Kerl so richtig den Mund aufmachen konnte, hatte es ihm offenbar die Sprache verschlagen. Mit einer solchen Eröffnung hatte er garantiert nicht gerechnet, schon gar nicht aus Birklinds Mund. Als beide sich vor einiger Zeit geprügelt hatten, hatte Birklind knapp verloren. Seitdem glaubten sie zu wissen, wer der Stärkere von beiden war und wer die Klappe zu halten hatte.

„Ja, genau so ist es. Was soll ich sagen? Du bist weit und breit das aller…“, setzte Birklind unerschrocken nach. Angst hatte er nicht, schließlich war der Kerl weit weg.

Birklind wurde jetzt aber in einer Lautstärke unterbrochen, dass das Telefon anfing zu vibrieren und Birklind den Hörer am ausgestreckten Arm von sich weg halten musste.

Unflätige Worte wie „Pisser“ und „Bettnässer“ schafften es aus dieser Entfernung noch immer klar und deutlich bis in sein Ohr. Birklind ahnte, was der andere meinte. Es interessierte ihn aber nicht. Er legte wortlos auf und war sicher, dass der Brüllaffe – sobald ihm klar war, dass ihm das zuzubrüllende Ohr abhandengekommen war – völlig austickte. Vielleicht reichte es ja sogar für einen Herzinfarkt, hoffte Robert Birklind.

Dass er so etwas tat, war neu. Er wollte den Kerl reizen, dass der in Birklind so etwas wie ein knallrotes Tuch sah … Klar, das war alles andere als ungefährlich.

Ein paar Minuten später versuchte es Rotrauts Neuer erneut. Als wäre ein Kobold in Birklind gefahren, rief er in den aufgehobenen Hörer: „Arschloch, Arschloch …“ und legte sofort auf. Birklind wusste, wie ratlos der Typ am anderen Ende der Leitung den Hörer anstarrte und wie er sich rasant einem mentalen Zustand näherte, in dem der Kerl seine ganze Rücksichtslosigkeit und Schamlosigkeit entfalten würde. So auf hundertachtzig, wie der jetzt war! Und so wenig, wie er Birklind mochte. Ratte, Schabe, Krätze hatte er bei anderen Gelegenheiten gewettert und sich schamlos aus Birklinds Wohnung bedient. Und dabei hatte er Birklind immer an der Faust schnuppern lassen.

Birklind hatte nur hilflos dagestanden und zugesehen, wie der Kerl ihm die Wohnung ausgeräumt hatte.

Da dieser Typ im Auftrag von Rotraut und auch im eigenen Interesse, hinter Birklinds Geld und seinen zwei, drei Wertgegenständen her war, konnte es nicht mehr lange dauern, bis er groß, breit und fordernd vor Birklinds Tür stehen würde. Und darauf war dieser bestens vorbereitet. Doch er hatte sich weder mit einer Pistole, noch mit einer Keule, auch nicht mit einem Messer bewaffnet.

Er würde bewusst die Rücksichtslosigkeit seines Gegners ausnutzen, die sich wie ein Bumerang gegen ihn kehren sollte.

Als etwa eine Stunde später zwei Fäuste gegen Birklinds Haustür hämmerten, hatte der seine Vorbereitungen längst beendet.

Nach einer angemessenen Wartezeit öffnete er die Tür. Kaum ging die einen spaltbreit auf, stieß der Kerl, wie ein wutschnaubender Stier, sie mit Schwung gegen die Wand und bekam einen Riss. Dann stieß er Birklind vor die Brust, sodass er rücklings in die Wohnung stolperte und sein Kopf gegen einen Türrahmen prallte. Vorsicht, mahnte der sich, vorsichtig, nicht so hastig. Du willst das hier schließlich überleben.

„Da haben wir ja die Schabe, den Erzeuger der Laus, die es sich in meinem Pelz gut gehen lässt, und der nicht zahlen will", dröhnte der Eindringling und riss Mantel, Regenjacke, Schal und Strickjacke von den Garderobenhaken und bombardierte Birklind mit den Kleidungsstücken. Der wiederum wehrte die Klamotten mit den Armen ab, die auf dem holzbraunen Laminat niedergingen. Solange er es nicht selber war, der auf dem Laminat landete, war es ihm herzlich egal, was da so durch die Gegend flog.

Währenddessen näherte sich der Kerl Birklind bedrohlich. Es roch nach Wein, ein herb-fruchtiger schien das gewesen zu sein, dachte Birklind. Eine Flasche hatte der mindestens intus. Die Alkoholfahne wehte ihm direkt ins Gesicht.

Der Kerl mochte Wein, noch vor allen anderen Getränken, das wusste er. Er hatte es vom Baum aus beobachtet.

Mann, o Mann, dachte Birklind. Dass der Kerl derart aufgetankt war, war gut auf der einen Seite, sehr gut sogar. Auf der anderen Seite: Wer konnte vorhersehen, was dieses in Alkohol schwimmende Hirn noch so alles ausbrüten würde?

Denn der Kerl war versessen darauf, Birklind in seinen eigenen vier Wänden zu demütigen. Und Birklind selbst trieb ein gefährliches Spiel. Er wusste nicht, ob das klappen würde, was er vorhatte. Aber er musste es probieren. Eine andere Möglichkeit blieb ihm jetzt ohnehin nicht. Er steckte mitten in dieser selbstinszenierten Nummer, aus der er ohne siegreichen Showdown nicht herauskam. Er hatte es so und nicht anders gewollt.

Der Brüllaffe sah sich jetzt offenbar als Polizist mit weitreichenden Befugnissen und durchwühlte Birklinds Schlafzimmer.

„Na, du Assi, haste hier irgendwo 'ne Gummimuschi versteckt?", motzte der besoffene Radaubruder, während er die Schubladen herauszog und den Inhalt auf Bett und Fußboden verstreute. Eine Antwort erwartete er offenbar nicht.

Als Nächstes machte sich der ungebetene Gast in der Küche zu schaffen. Auch das war nicht neu. Vorsichtshalber hatte Birklind das Geschirr aus den Schränken geräumt und an einen sicheren Ort deponiert. Aus dem Kühlschrank klaute der Kerl vier Scheiben Käse, eine halbe Dauerwurst und Senf. Er schmatze beim Essen und spülte den Brei mit einer halben Flasche Bier herunter, die er auf der Anrichte fand. Kauend suchte er in verschiedenen Schränken, Dosen und Schachteln nach Geld. Doch er fand nichts, nur ein paar Pfandflaschen standen in einer Ecke. 25-, 15- und 8-Cent-Flaschen. Einen Augenblick überlegte der Eindringling, ob er nicht die vielleicht …

„Äh, nee – bringt doch nichts. Die paar Mäuse und dann noch schleppen, das Zeug! Nein, danke!", brummelte er vor sich hin und zog weiter.

Birklind kannte seinen Widersacher besser, als dieser glaubte. Wenn der Kerl zu viel gesoffen hat, wurde aus ihm ein nimmersattes, schmatzendes Schwein, mit einem Drall zu noch mehr Durst. Da hatte er noch was für ihn.

Aus der Küche kommend, torkelte Rotrauts Neuer über den dunklen Flur in das stockdunkle Nebenzimmer, wo Birklind Bücherregal, Schreibtisch und allerhand Krimskrams untergebracht hatte. In der Tür blieb der ungebetene Gast stehen und tastete rechts an der Wand nach dem Lichtschalter. Als er ihn gefunden hatte, knipste er ihn an. Der Typ wartete nicht, bis das Licht an der Decke aufgeflammt war, sondern tat sofort einen großen Schritt ins Zimmer hinein. Er nahm an, hier würde es gleich hell. Doch nichts geschah und das Zimmer blieb dunkel. Und deshalb sah er nicht den Haufen Gerümpel, in den er krachend hineinstolperte und sich ein paar leichte Verletzungen zuzog.

Er brüllte auf vor Schreck und Schmerz. Dann rappelte er sich wieder hoch und humpelte in den dämmrigen Flur zurück wie an ein rettendes Ufer.

„Willst du mich umbringen?“, fuhr er Birklind an, der im dämmrigen Flur geblieben war.

Na klar, aber nicht gleich, dachte Birklind und grinste.

Dem ungebetenen Gast war für heute wohl die Lust vergangenen, bei Birklind den Inkasso-Gangster zu geben. Er stützte sich an der Wand ab. Birklind konnte ihn jetzt aus der Wohnung werfen, ohne dass er sich mit ihm prügeln musste. Trotzdem, Birklind wollte auf keinen Fall, dass er jetzt ging. Am Ende des Flurs befand sich noch ein weiteres Zimmer, das von Tageslicht geflutet schien. Der neugierige Eindringling schob sich an der Wand entlang bis zur Tür und glotzte in das helle Zimmer.

„Was ist denn das?“, polterte der Eindringling. Birklind kam einfach nicht drauf, was sie an dem fand. Vielleicht war sie ja einfach nur blöd. Sie interessierte ihn auch nicht. Aber da war schließlich Jonathan. Mit dem war es was anderes.

„Du trinkst Wein? Und so 'nen teuren? Dafür haste Geld oder wie?", schien der Kerl jetzt wieder halbwegs auf dem Damm zu sein. Er starrte gierig auf den Tisch, den Birklind extra von der Wand, wo der Tisch sonst stand, in die Zimmermitte wie auf einen Präsentierteller gerückt hatte. Nicht zu übersehen. Es war geradezu aufdringlich.

Birklind selbst mochte keinen Wein, mal ein Bier, das ja, aber keinen Wein. Trotzdem stand auf dem Tisch, der mit einer blütenweißen Tischdecke gedeckt war, eine der beiden Flaschen teurer Rotwein aus dem Keller und daneben ein halb gefülltes Weinglas. Einladend schimmerte der edle Tropfen robinrot im einfallenden Tageslicht.

„Na, wenn schon kein Geld, dann wenigstens das! So ein teurer Tropfen ist auch eine Währung", sabberte der Blödmann zu Birklind herüber. Er griff nach dem Glas und schüttete den Inhalt in sich hinein.

„Lecker", grunzte der, als er das Glas abgesetzt hatte.

„Nimm die Flasche ruhig mit", bot Birklind großzügig an und war angespannt wie ein Flitzbogen. Das hier war der entscheidende Moment.

„Ich mag den ..." Er biss sich auf die Lippe. ... ‚Wein sowieso nicht', hätte er sich um ein Haar verplappert, beherrschte sich aber rechtzeitig. Denn dann hätte der Kerl sich wohl zu Recht gefragt, was die Flasche überhaupt auf Birklinds Tisch zu suchen hatte.

„... aber du kannst ihn haben", vollendete er den angefangenen Satz ziemlich clever, wie er fand.

Der ruhiggestellte Brüllaffe korkte die mit dem Rhizom des Maiapfels verseuchte Flasche zu und nahm sie mit. Den wenigen Wein, der in der Flasche fehlte, hatte Birklind weggekippt. Im Glas war ungiftiger Wein aus der zweiten Flasche. Vorsichtshalber, nicht dass gleich was passierte, wenn Birklind zugegen war!

Der Kerl sah so zufrieden aus, als hätte er eine überaus begehrte Trophäe ergattert, die er nun stolz wie Bolle nach Hause trug.

Am Abend stieg Birklind wieder auf den Baum und schaute durch den Feldstecher ins Haus. Er suchte den verdammten Kerl. Nicht dass der erstmal seinen heutigen Rausch ausschlief und die Flasche für später aufhob! Das fehlte noch, das Zeug musste weg und zwar vollständig! Der sollte gefälligst …! Und da entdeckte er erleichtert die Weinflasche mit dem bekannten Etikett auf einem kleinen Beistelltisch unter einer Stehlampe. Er holte sie mit dem Fernglas näher zu sich heran. Das Erste, was er entdeckte: Yes, sie war offen! Um ein Haar hätte er im Baum laut losgejubelt. Und dann bemerkte er, dass nicht mehr viel drin war. Hatte der Kerl sie also fast auf Ex getrunken! Und noch mal hätte er beinahe losgejubelt. Dann konnte ja nichts mehr schiefgehen, glaubte er.

Birklind nahm an, dass er sie allein geleert hatte. Der wird doch wohl nichts abgegeben haben, oder?

Dann entdeckte er ihn im selben Zimmer. Ziemlich zugedröhnt stand er mühsam aus einem Sessel auf und konnte sich kaum auf den Beinen halten. Er torkelte ein bisschen, stieß sich hier mal das Knie, dort mal den Kopf. Es schien ihm also noch gut zu gehen, abgesehen von ein paar ramponierten Stellen.

Doch damit war es bald vorbei.

Die Wirkung des Zellgiftes Podophyllin und des abführenden Giftes Peltatin setzte nicht sofort ein. Der viele Alkohol verstärkte die Wirkung der beiden Gifte. Das stand fest. Aber noch schien sich bei dem Kerl nichts zu rühren.

„Menschenskinder, hatte das Gift eine lange Leitung!“, grummelte Birklind vor sich hin. Er war aufgeregt, hatte sich warm angezogen und trank, in seiner Astgabel sitzend, Tee mit Schuss, zum Aufwärmen. Atemwölkchen stiegen von seinem Mund auf und verloren sich spurlos in der Dunkelheit.

Die Zeit verging. Beinahe wäre er vor Müdigkeit vom Baum gefallen. Plötzlich bemerkte Birklind Tumult im Haus, den er zwar nicht hören konnte, aber deutlich durch die nicht zugezogenen Fenster sah. Die Zeit im Baum hatte aus ihm gewissermaßen einen Augenmenschen gemacht. Er sah die hektischen Bewegungen im Haus und hatte synchron dazu die Geräusche im Kopf. Schließlich kannte er das Haus und wusste noch ganz gut, wie es sich anhörte, wenn die Meute aufgeregt ins Zimmer trampelte und irgendetwas rief. Birklind hatte das noch immer im Kopf.

Der Kerl war eben über die eigenen Füße gestolpert und konnte sich gerade noch so am Sessel festhalten, der daraufhin umkippte. Rotrauts Neuer lag am Boden und schrie sich augenscheinlich die Seele aus dem Leib.

Aha, dachte Birklind auf seiner Astgabel, ging es jetzt endlich los? Fing das Gift endlich an zu wirken? Es war an der Zeit.

Jonathan stand scheinbar unbeteiligt ein paar Meter neben dem Kerl, den seine Mutter ihm als Vater angeschleppt hatte, Rotraut beugte sich über das schreiende Bündel am Boden und wusste nicht recht, was sie tun sollte.

Die Krämpfe schienen nachzulassen.

Der Kerl setzte sich auf, Rotraut half ihm dabei. Er lehnte mit dem Rücken gegen die Wand. Doch diese entspannende Haltung hielt nicht lange an. Denn plötzlich fing er an zu kotzen, aber so was von … Ein wässriger Schwall schoss aus seinem Mund und traf Rotrauts linkes Auge, die sich daraufhin fluchend abwandte.

Jetzt schien wieder eine sehr schmerzhafte Kolik durch seine Eingeweide zu grollen und zu grummeln. Er krümmte sich, sitzend vor der Wand. Als hätte diese ihm plötzlich einen Tritt in den Allerwertesten verpasst, katapultierte es ihn ein Stück nach vorn. Aber das war natürlich kein Tritt, sondern der Rückstoß einer entfesselten Blähung, die das Zeug dafür gehabt hatte, ihm die Eingeweide zu zerreißen. Ein dunkler, bräunlicher Fleck zeichnete sich auf der Hinterseite seiner hellblauen Hose ab, die er bis oben hin voll hatte.

Jonathan verließ angewidert das Zimmer. Dass sein Stiefvater erneut von einer Darmkolik heimgesucht wurde und er zunehmend nach Atemluft rang, bekam der Junge gar nicht mehr mit. Als er einige Zeit später das Zimmer wieder betrat, weil offenbar Marlies ihn gerufen hatte, lag sein Stiefvater mausetot und blau angelaufen inmitten von Erbrochenem.

Die beiden standen ratlos vor dem Toten. Dann fiel ihr Blick auf die fast leer getrunkene Weinflasche auf dem Tisch, dann auf den Toten und dann wanderten die Blicke wieder zurück zur Flasche. Eine Ahnung über die Todesursache schien beide zu beschleichen. Und jetzt passierte etwas, womit Birklind nicht gerechnet hat. Zwischen Mutter und Sohn entbrannte ein Streit um diese Flasche. Jonathan schnappte sie sich, rannte auf die Terrasse und verriegelte hinter sich die Tür, damit seine Mutter ihm nicht folgen konnte.

Was hatte er vor? Birklind war irritiert.

Und dann hörte er ganz deutlich, was Jonathan sagte.

„Danke, lieber Mann im Mond, vielen, vielen Dank. Trotzdem muss ich mit dir schimpfen. Ich wollte nur, dass er verschwindet und nie mehr wiederkommt. Okay, er kommt nicht mehr wieder. Aber du hättest ihn nicht gleich umbringen müssen. Trotzdem vielen Dank, dass du meinen Wunsch erfüllt hast. Und vielen Dank auch an denjenigen, der ihm diese Flasche gegeben hat. Die Polizei soll diese Flasche nicht bekommen", sagte er und schleuderte sie in die Dunkelheit. Und Jonathan konnte gut werfen, in der Schule war er der beste Werfer. Und viele Krimis hatte er auch schon gesehen. Er wusste, dass die Flasche, aus der es so komisch roch, wahrscheinlich ein Beweisstück war und weg musste.

Birklind in seiner Astgabel war unglaublich gerührt, als er das hörte, aber nur kurz. Denn plötzlich traf ihn der Flaschenboden mit voller Wucht am Kopf. Er war kurz wie benebelt und verlor den Halt. Das Bewusstsein bekam er schnell wieder. Doch da stürzte er schon rücklings vom Baum und traf hart auf dem Boden auf, wo Steine, Äste und allerlei Zeug herumlagen. Er hörte ein lautes Knacken in seinem Genick.

Autsch, verdammt, dachte er noch und dann wurde es dunkel.

Wächterhaus

Babette fühlte sich schlapp, abgeschlagen und furchtbar müde. So etwas hatte sie noch nicht erlebt. Sie wusste nicht, warum sie derart ausgelaugt war. Am fehlenden Schlaf konnte es jedenfalls nicht liegen. Seit Wochen war sie auf keiner Party mehr gewesen, stattdessen verbrachte sie jede Nacht mindestens sechs, meistens acht Stunden in Morpheus Armen. Sie musste dringend für eine Nachprüfung lernen und entsprechend ausgeruht sein, damit sie nicht noch einmal durchs Examen rauschte. Sollte es dennoch passieren, konnte sie Studium und Traumberuf wohl endgültig an den Nagel hängen.

Schon wieder fielen ihre Augen zu. Außerdem war ihr schlecht und sie hatte rote Flecken im Gesicht. Die konnte sie natürlich nicht sehen. Ihre immer flacher werdende Atmung spürte sie jedoch genau.

Wie soll man sich da konzentrieren?, dachte sie matt.

Doch es half nichts.

Wie auf einer federleichten Wolke flogen jetzt ihre Gedanken, Träume und Zukunftspläne davon. Dem übermächtigen Schlaf, der sie wie ein bleifarbenes Gespinst einhüllte, konnte sie nichts entgegensetzen.

„Ach Mensch …“, seufzte sie. Dann knallte ihr dunkelhaariger Kopf viel zu hart und laut auf den hölzernen Tisch am Fenster. Doch davon bekam sie nichts mehr mit. Die zweiundzwanzigjährige Babette war für immer eingeschlafen.

Anfangs zögerlich öffnete sich hinter ihr eine Tür. Jemand betrat den Raum und ging auf die zusammengesackte junge Frau zu, packte sie unter den Achseln und schleifte ihre noch warme Leiche fort.

Das alte Eckhaus war ein verlorener Ort. Das Dach war intakt und die meisten Fenster schlossen dicht ab, ab dem ersten Obergeschoss waren auch die Wände trocken und der eine oder andere Berliner Ofen funktionierte, ebenso wie Strom und Wasser. Allerdings hatte gefühlt seit hundert Jahren kein Handwerker in diesem Haus gearbeitet. Und der Eindruck stimmte, beinahe jedenfalls. Die Wohnungen wurden potenziellen Mietern zwar zu einem Spottpreis angeboten, aber seit dem Ende der DDR hatte niemand mehr hier gewohnt.

Bis vor etwa zwei Jahren. Da zog Benno ein. Ein Mann Anfang fünfzig, seit Kurzem arbeitslos, frisch geschieden, die erwachsenen Kinder mit den Enkeln nach Australien ausgewandert. Kurz gesagt: von Gott und der Welt verlassen. Er hatte genügend Geld auf dem Konto gehabt, um sich etwas anderes leisten zu können, etwas Modernes mit mehr Komfort – gefliest, gekachelt und so. Aber so etwas wollte er nicht. Das, so glaubte er, fühlte sich falsch an. Er wollte nicht noch einmal etwas Neues beginnen. Nicht in seinem Alter. Das wäre schon wieder wie ein Anfang gewesen, ein Start, etwas Zukunftsweisendes. Doch der Optimismus war ihm im Laufe der Zeit und in der jetzigen Situation sowieso abhandengekommen. Und überhaupt, Zuversicht brauchte er nicht, glaubte Benno.

Er hatte einen Trost gefunden. Für den brauchte er nur frische Erde, ein paar Samenkörner und ein verborgenes Plätzchen auf dem Balkon.

Ein Haus wie dieses hatte er gesucht. Das war ihm bewusst geworden, als er, mit dem Schlüssel vom Vermieter in der Tasche, das erste Mal fast andächtig durch das geräumige Treppenhaus ging und sich auch in den zahlreichen Wohnungen umsah, als wären es sakrale Räume. Er war von der nostalgischen Atmosphäre fasziniert, die Erinnerungen an eine andere Zeit in ihm weckte – weit weg von den Desastern und Entflechtungen der Gegenwart.

Der Vermieter hatte dreimal ungläubig nachgefragt, ob er hier tatsächlich einziehen wollte und Benno Alternativen angeboten. Doch der lehnte ab und zog ins dritte Obergeschoss. Drei Zimmer, immerhin funktionierten zwei Öfen, die Fenster waren dicht, intaktes Klo auf halber Treppe. Das kannte er von früher noch.

Er konnte nicht sagen, warum, aber er fühlte sich hier großartig: wie ein Bewahrer, ein Wächter. Wobei er selbst nicht genau wusste, wo dieses Gefühl herkam, was er glaubte zu bewachen und ob das außer ihm noch jemanden interessierte. Aber das war ihm eigentlich egal.

Er hatte ein altes, aber intaktes Dach über dem Kopf.

Der kleine Balkon befand sich auf der Südseite. Hier hatte er im Frühjahr in mehreren Töpfen Schlafmohn angebaut, später zur Tarnung Klatschmohn und ein paar Sonnenblumen dazu. Sicher ist sicher, hatte sich Benno dabei gedacht. Man weiß nie, wer hier hereinschaut oder aus der Ferne linst.

Es war Spätsommer. Immer abends, wenn der Wirkstoffgehalt des Morphins in den grünen, noch nicht reifen Kapseln am größten war, ritzte er sie vorsichtig an. Der zähe Milchsaft quoll langsam heraus und verfärbte sich über Nacht. Am nächsten Morgen kratzte er vorsichtig das so entstandene bräunliche Rohopium von den Kapseln und machte kleine Kügelchen draus, die er in einer alten Cremedose verwahrte. Diese Prozedur wiederholte er mehrere Tage lang, bis die Kapseln leer waren. Die konnten nun getrocknet und an langen Abenden als berauschender Tee getrunken werden. Ab und zu naschte er von den Kügelchen. Nicht zu oft und nicht zu viel, um nicht süchtig zu werden. In höherer Konzentration war es ein schnell wirkendes Gift.

Die Holzdielen in den schmucklosen Räumen seiner Wohnung waren ursprünglich braun gestrichen. Im Laufe der Zeit war die Farbe an vielen Stellen abgeschabt und die Holzmaserung hervorgetreten. Dellen waren in den Dielen zu erkennen, vor allem in den Türschwellen und unter einigen Fenstern. Er hatte alles so gelassen, lediglich einen einfachen und viel zu kleinen Teppich darübergerollt. Es sah trotzdem gemütlich, sogar ein wenig heimelig aus, mit dem Sofa an der Wand und dem Kleiderschrank gegenüber.

Das Haus wurde vor hundert Jahren gebaut. In den Räumen roch es immer ein bisschen nach Schutt, Staub und etwas undefinierbar Altem, das aus den Ritzen zwischen den Dielenbrettern und aus den gut erhaltenen Wänden zu dünsten schien. Vergilbte Tapeten, mit Gold und grünlicher Farbe bedruckt und von einer dünnen Staubschicht bedeckt, hafteten auf scheinbar makellosem Grund. Ein Kachelofen stand in der Ecke. Die Fenster, nach dem Standard der Sechzigerjahre, waren tadellos: Doppelfenster, die äußeren Flügel ließen sich nach außen öffnen, die inneren ins Zimmer hinein. Zwischen ihnen waren ein paar Zentimeter Platz. Eine Art Luftschleuse, die eisige Kälte oder große Hitze kaum abzuhalten vermochte.

Hier war er am liebsten, hier war der Raum, in dem er in Erinnerungen schwelgte und sich fast darin auflöste, um seiner Verlassenheit zu entkommen.

Am schönsten war es nachts, sobald der Mond am Himmel stand und in der Straße die Laternen leuchteten. Es passierte nichts weiter, es war nur dieses Bild. Oder das Rauschen des Regens – dieses an- und abschwellende Geräusch, dem er endlos lauschen könnte. Es war für ihn jedes Mal fast ein Drama, wenn das Regenrauschen aufhörte, das Wasser nur noch aufs Fensterbrett tröpfelte und dann die Stille einsetzte. Eine fürchterliche Stille, wie ein Absturz aus einem Hochgefühl.

„Eh klasse, hier bleibe ich!“, riss eines Tages eine dröhnende Stimme im Treppenhaus Benno aus dem Mittagsschlaf. Er stand auf, öffnete die Wohnungstür und sah einen jungen Mann, Mitte zwanzig, mit zauseligem Bart und ebensolcher Haarpracht davorstehen. Der Mann stand mit dem Rücken zu ihm und sah in eine andere Richtung. Zwei junge Frauen und ein weiterer Mann im selben Alter stiegen die Treppe hinauf.

„Ach, hier wohnt ja schon jemand“, war eine der Frauen etwas enttäuscht, als sie Bennos verschlafenes Gesicht im offenen Türspalt entdeckte, als wäre er ein Geist.

Soso, Studenten, war der sich sicher und schloss wortlos die Tür.

Noch ehe er sich mit dem Gedanken anfreundete, dass er von nun an Nachbarn haben würde, hatten die vier ein paar Tage später die Wohnung gegenüber bezogen und schienen fast jede zweite Nacht zu feiern.

„Oh Gott, was soll das bloß werden?“, seufzte er.

Benno, der Wächter des verlorenen Ortes, war auf jeden Fall

entschlossen, sich in seinem vor sich hin dämmernden Frieden nicht stören und schon gar nicht aus dem Haus vertreiben zu lassen.

Doch letztlich kam alles ganz anders.

„Komm doch rein und feiere einfach mit, ein paar Studienkollegen sind zu Besuch“, lud ihn Tino, der Zauselbart, ein, als Benno eines Abends vor der Tür stand, eigentlich um Ruhe und Stille einzufordern. Er hatte seinen ganzen Mut zusammengenommen und dann das!

Was sollte er tun?

Der Flur war kunstvoll gestaltet. Seine Nachbarn hatten großflächige Bilder an die Wände gemalt. Benno erinnerten sie an Höhlenmalereien. Eine fast weiße Glühbirne hing von der Decke und beleuchtete die in schwarz, rot und ocker gestalteten Szenen. Der Fußboden war bunt gestrichen, jedes Dielenbrett in einer anderen Farbe.

Echt schräger Kontrast, war Benno verblüfft und betrat das Zimmer, aus dem der Lärm kam. Ein Deckenfluter tauchte den etwa dreißig Quadratmeter großen Raum in dezentes Licht. Um einen Tisch, der am Fenster stand und voller Gläser, Flaschen, Teller und brennender Kerzen war, saßen die etwa zehn Bewohner und Gäste und redeten lautstark aufeinander ein.

„Alle mal herhören, das hier ist Benno, unser Nachbar. Er wohnt bereits seit einem Jahr in dem Haus“, rief Tino laut in die Runde und wies auf den wesentlich älteren, etwa gleich großen Mann neben sich.

Die anderen unterbrachen ihren Disput, sahen kurz zu ihnen herüber und machten weiter, als wäre Benno ihnen egal.

„Komm, setz dich“, meinte Tino. „Nimm dir, was du willst.“

Benno nahm sich ein Bier und blieb das erste Mal knapp eine Stunde in der Wohnung.

Von nun an kam Benno öfter. Irgendwann brachte er die zerkleinerten und getrockneten Kapseln des Schlafmohns mit und spendierte berauschenden Tee. Von der Paste in der Cremedose sagte er nichts und von den Pflanzen auf dem Balkon auch nicht. So genau wusste er selber nicht, warum, aber er behielt das einfach für sich. Sicher ist sicher.

„Warum seid ihr eigentlich in dieses Haus gezogen?“, fragte Benno eines Nachmittags seine Nachbarn. Sie saßen am Tisch vor dem Fenster und tranken Kräutertee.

„Weil es nichts kostet. Wir haben eine Vereinbarung mit dem Hausbesitzer und sorgen dafür, dass es nicht verfällt. Wir dürfen hier mietfrei wohnen und halten dafür alles in Schuss. Ein bisschen reparieren, ein bisschen renovieren und so, damit die Bude nicht auseinanderfällt. Das hier ist seit einem halben Jahr ganz offiziell ein Wächterhaus“, meinte Juliane, eine der beiden jungen Frauen, die hier wohnten.

‚Hauserhalt durch Nutzung‘ lautet das einfache Konzept, das hinter den Wächterhäusern steht. Oft jahrzehntelang leer stehende Häuser, vor allem in Ostdeutschland, werden auf diese Weise vor weiterem Verfall und Abriss bewahrt.

„Du zahlst doch auch keine Miete, oder?“, fragte Max, der andere Mitbewohner.

Als Benno herumdruckste, kam in dem jungen Mann ein Verdacht auf.

„Zahlst du etwa Miete?“, fragte Max verblüfft.

„Ja, aber nur wenig“, bestätigte der Ältere und dachte: Wächterhaus ist wirklich ein passender Name. Treffender geht es kaum. Er dachte dabei nicht an den Erhalt der Bausubstanz.

„Du bist eingezogen, als das hier noch kein Wächterhaus gewesen ist“, stellte Tino fest.

Na ja, dachte Benno, es war schon eins, nur eben ein bisschen anders.

„Rede doch mal mit dem Vermieter ...“, schlug der junge Mann vor.

„Ach was, die paar Euro ... sind kein Problem. Handwerklich bin ich nicht so interessiert, wie ihr es seid“, meinte er fast ein bisschen verlegen. „Da muss ich wohl blechen.“

Wächterhaus, ein schöner Name. Hat so etwas Bewahrendes, Bleibendes, dachte er.

Wenn Benno nun abends an seinem Fenster stand und in die Nacht hinaussah, erschien ihm das Dunkel, seit die Studenten hier lebten, nicht mehr ganz so undurchdringlich und schwarz wie vor dieser Zeit. Die Lichter in der Ferne glitzerten und funkelten wie auch die Sterne am nächtlichen Himmel. Diese Weite hatte etwas Befreiendes und er atmete tief ein.

Die Zeit mit den Studenten für die Ewigkeit! Benno war begeistert.

Eines Tages standen ein Bettgestell und Schrankteile vor der Nachbarwohnung. Babette, die andere Studierende in der Wächterwohnung, hatte eben ein Brett dazugestellt, als Benno seine Wohnungstür öffnete.

„Nanu, was ist denn bei euch los? Zieht jemand ein?“, fragte er mit belegter Stimme. Es sollte eigentlich lustig klingen. Doch das Lachen blieb ihm im Halse stecken, da er die Antwort zu kennen glaubte.

„Nein, Max zieht aus. Er hat sein Studium beendet und beginnt in der nächsten Woche ein Praktikum an der Ostsee“, klärte sie ihn auf.

„Ach so“, meinte Benno nur.

Es war so weit. Es ging also los, dachte er bestürzt. Sie fingen an, das Wächterhaus zu verlassen.

Eine tiefe Enttäuschung stieg in ihm auf und er sehnte sich nach dem lauten Geräusch des Regens und der undurchdringlichen Schwärze der Nacht, um darin zu verschwinden.

Dass seine Nachbarn eines Tages ausziehen würden, spätestens, wenn sie mit ihrem Studium fertig waren, hielt er bis eben weder für möglich noch für unmöglich: Es befand sich ganz einfach außerhalb seiner Gedankenwelt.

Obwohl es ja eigentlich auf der Hand lag, dass sie eines Tages in die weite Welt aufbrachen. Denn so wie es bis jetzt war, würde es nicht für immer bleiben, auch wenn er sich das tief in seinem Innern wünschte.

Er konnte nicht verhindern, dass sie ausziehen würden!

Oder doch?

Nachdem Max das Wächterhaus am nächsten Tag verlassen hatte, lud Benno die verbliebenen Bewohner Tino, Babette und Juliane am Abend zu sich ein.

Er spendierte frischen Tee aus getrockneten Schalen von Schlafmohnkapseln und Tino legte vier selbst gedrehte Joints auf den Tisch.

„Wie sind eure Pläne? Ihr bleibt doch oder zieht es euch auch in die Ferne?“, erkundigte sich Benno, nachdem er heißen Tee geschlürft hatte.

„Juliane und ich reisen in ein paar Tagen zu einem Arbeitseinsatz nach Afrika und danach studieren wir an einer französischen Uni weiter. Du weißt schon, Erasmus und so“, meinte Tino leichthin.

Mit wachsendem Grauen vernahm Benno ihre Zukunftspläne. Längst war eine kaum vernarbte Wunde in ihm wieder aufgerissen. Es schmerzte höllisch. Doch das sah ihm niemand an.

Er nickte, als hätte er vollstes Verständnis dafür, was die beiden sich für die nächste Zukunft alles vornahmen.

„Und du?“, wandte er sich an Babette. „Wohin zieht es dich?“

Egal, was sie sagt, dachte Benno, es wird nicht mehr sein, wie es war. Das war es schon jetzt nicht mehr.

„Sie muss noch lernen“, meinte Juliane, als Babette nichts sagte.

„Nachprüfung“, setzte sie hinzu. „Es geht für sie um alles oder nichts!“

Benno überlegte.

„Ich mache dir einen Vorschlag“, wandte er sich an Babette. „Ich kaufe ein, koche für dich und du kannst dich voll und ganz auf die Prüfung konzentrieren? Was meinst du dazu?“

Sie hatte sich meistens im Hintergrund gehalten, wenn Benno da war. So richtig geheuer schien er ihr nicht gewesen zu sein.

„Na ja, also, ich weiß nicht“, brach sie bei seinem Vorschlag nicht gerade in Jubel aus und sah ihn unfreundlich an.

„Was willst du tun, für die paar Tage noch einmal umziehen?“, stichelte Juliane.

„Darum geht es doch nicht!“, meinte Babette leicht gereizt und sagte zu Benno: „Vielen Dank, aber ich möchte das nicht. Du machst deins und ich mache meins!“

„Okay, okay, war ja nur ein Vorschlag“, beruhigte er sie.

Damit schien alles gesagt zu sein. Doch die Angelegenheit war noch nicht vom Tisch.

Vielleicht fand Babette, dass sie zu schroff gewesen ist oder dass Bennos Vorschlag doch nicht so schlecht war.

„Na ja, gut, einmal am Tag eine warme Mahlzeit wäre sicher prima“, ging sie zögernd auf seinen Vorschlag ein.

Okay, es war nur eine Galgenfrist, dachte Benno. Doch die Aussicht darauf wirkte wie eine betäubende Medizin in seiner aufgebrochenen Wunde.

Manchmal naschte er zusätzlich Rohopium aus der alten Cremedose.

Nachdem Juliane und Tino nach Afrika gereist waren, wurde es still in dem Wächterhaus. Babette saß in ihrer Wohnung am Fenster und büffelte. Benno hielt sich zumeist in seiner Wohnung auf und kümmerte sich um die Pflanzen. Seine Gedanken gingen dabei ganz eigene Wege, die allerdings immer vor dem Abgrund endeten, der sich in Kürze wieder vor ihm auftun würde.

Dort hinein wollte er nicht.

Aber wie konnte er das verhindern?

Ihm war klar, dass sich Babette kaum dazu überreden ließ, länger als nötig in dem Haus zu bleiben. Warum sollte sie das tun? Sie hatte Pläne und würde gehen, wie alle andern auch gegangen sind: seine Frau, seine Kinder und Enkel und Babettes Kommilitonen.

Benno fasste einen Plan.

Er würde die Zeit anhalten. Genau das würden die meisten Leute in einem fast glücklichen Moment am liebsten tun: Ihn bewahren. Ein solcher Moment war für Benno nun gekommen. Glücklicher würde es für ihn auf jeden Fall nicht werden.

Während er sich selbst eine leicht berauschende Dosis der bräunlichen Schlafmohnpaste gönnte, tat er Babette eine tödliche zwischen die Bratkartoffeln und sicherheitshalber noch in den Kaffee. Die Henkersmahlzeit servierte er ihr am siebenten Tag. Er betrat Babettes Zimmer mit dem Tablett in der Hand. Den finsteren Ausdruck in seinen Augen nahm sie nicht wahr. Sie saß über ihren Lernstoff gebeugt am Tisch.

Nachdem er das Tablett abgestellt hatte, verließ er das Zimmer.

Am Fenster zu sitzen, für die Nachprüfung zu lernen und in einer Pause heiße, duftende Bratkartoffeln zu verschlingen, war das Letzte, was Babette in ihrem Leben tat. Nachdem ihr Kopf auf die Tischplatte geknallt war, öffnete Benno die Zimmertür, hinter der er gewartet hatte und trat an sein Opfer heran.

Er war nicht besonders fit und schnaufte wie ein Walross, als er ihren Leichnam vom Tisch und aus dem Zimmer zerrte.

Im Keller hatte er in den vergangenen Tagen ein enges Verlies vorbereitet, in das er ihren erkaltenden Körper stopfte.

In einer halbwegs trockenen Kellerecke wurden Baumaterialien gelagert. Was man zum Errichten einer Wand benötigte, war in dem Wächterhaus vorhanden: Zement, Mörtelsand, Binder und so weiter. Auch die entsprechenden Werkzeuge, wie Maurerkelle, Wasserwaage, einen Behälter zum Mixen der Zutaten und anderes, fand er vor. In einer hinteren Ecke hatte er alte, überzählige Mauersteine entdeckt, die offenbar aus der Entstehungszeit des Hauses stammten. Dieses schon verwitterte Material zog er dem neueren aus dem Baumarkt vor. Die originalen Bausteine tarnten das Todesverlies viel besser.

Jetzt musste er nur noch die Wand, hinter der Babettes Leiche auf unabsehbare Zeit verschwinden sollte, gerade im Lot und vor allem stabil hochziehen.

Nachdem er ein bisschen geübt hatte, mit Kelle und Mörtel zu hantieren, gelang ihm das ganz passabel.

Anschließend räumte er Babettes persönliche Dinge zusammen und brachte diese aus dem Haus. Eine Haarspange auf der Fensterbank vergaß er. Tisch, Stühle und andere Möbel ließ er, wo sie waren. Was mit der Einrichtung geschah, ging ihn nichts an.

Von ihm aus könnten neue Bewohner ins Wächterhaus einziehen oder auch nicht. Es war ihm egal. Er dachte an Babette und daran, dass sie dableiben musste.

Alles war gut, glaubte er.

Weihnachtslicht

Geschafft, nach sechs Stunden Fahrt! Direkt vom Hotelparkplatz rannte Robert Warmup den schmalen Sandweg zum Rand des Strandkliffs herüber. Erst mal die Ostsee sehen! Als hätte er ein Date, schlug sein Herz bis zum Hals hinauf. Doch kein smaragdgrünes Wasser empfing ihn, sondern ein eisiges Weiß bis zum Ende der Bucht. Es roch nach Schnee. Na ja, dachte er, wohl doch zu wenig Salz im Wasser und seit Wochen nur eisiger, beißender Frost. Und jetzt kam wohl Schnee dazu. Wie schön.

Für ein paar Minuten befreite er seine Seele aus dem Käfig, ließ sie weit über die Bucht fliegen. Im Angesicht der endlosen Weite fühlte er sich frei. Doch dann musste er zum Auto zurück und wuchtete einen leicht ramponierten Schalenkoffer aus dem Fahrzeugheck. Die Räder unterm Koffer quietschten leicht, als er das Hotel „Oceans Life“ betrat. Das Haus war beileibe keine Bruchbude.

„Hallo Robert, schön, dass du da bist. Gute Fahrt gehabt?“ Hotelchefin Simone Klein höchstpersönlich begrüßte ihren langjährigen Freund an der Rezeption.

„Ja, hallo – geht so. Ein bisschen rutschig auf der Autobahn, ein bisschen Stau – wie es eben so ist, wenn die Leute Weihnachten nicht zu Hause feiern. Hat was von ’ner Völkerwanderung“, fand Robert Warmup.

Simone Klein wechselte das Thema.

„Na, was meinst du? Was ist es dieses Mal?“, fragte sie neugierig und trat nah an Robert heran.

Nach einer kurzen, konzentrierten Pause, in der er ihren Duft tief einatmete und den Atem anhielt, meinte er: „Ein Sommerduft. Strand, erhitzter Sand, ein paar Algen, Heckenrosen und ganz deutlich das Meer. Vor dem geistigen Auge sehe ich die Farben: ocker, gelb, das Grün von Pflanzen, zartes Rosa und Weiß, das Smaragdgrün des Wassers. Ganz phantastisch!“ Robert war begeistert.

„Schon fertig oder soll vielleicht der Duft von ausgelaugtem Holz mit hinein?“ Die Frage war als Scherz gedacht.

Doch Simone schüttelte ernsthaft den Kopf. „Nein. Kein Holz!“

„Und – schon jemanden gefunden?“

Simone Klein verneinte. „Noch keinem angeboten.“

Robert bezog ein Apartment in der 15. Etage mit Blick aufs Meer. Aus dem Schalenkoffer holte er eine lange rote Kutte mit Kapuze hervor, die er auf einen Bügel in den Schrank hing. Dazu kam ein langer weißer, falscher Bart. Auf den Schrankboden stellte er ein Paar schwarze, frisch geputzte Stiefel. Bevor er Heiligabend seinen großen Auftritt als Weihnachtsmann hatte, moderierte er verkleidet die abendlichen Feiern in der SkyBar, am anderen Ende der Etage. Seit Jahren, aus Freundschaft zu Simone.

„Pass auf Hotte, du schleichst dich verkleidet ins Hotel, klaust den Papierkram und ich warte am Ende der Bucht im Auto“, schärfte Manne, ein Kleinganove wie Hotte, seinem Kompagnon ein.

„Aber bitte mit laufendem Motor. Bei dieser Arschkälte will ich mir nichts abfrieren und schnell weg wollen wir ja auch“, erwiderte dieser.

„Ja ja, schon klar. Vorher haben wir aber was zu tun“, meinte Manne.

„Richtig, wollen ja nicht mit leeren Händen weg, sondern stinkreich ins neue Jahr feiern.“ Hotte tat fast so, als wäre schon alles gelaufen.

„Komm mal wieder auf den Teppich zurück. So schnell geht das auch nicht. Diese Waldschrate und Baumwichtel sind ein ziemlich eigenes Völkchen. Wenn du mit denen Geschäfte machen willst, kannste dich schnell mal verlaufen, wenn du weißt, was ich meine und du kannst Brotkrümel verstreuen wie du willst, sozusagen. Am Ende stehst du vor dem Hexenhäuschen und an den Lebkuchen kannste dir die Zähne ausbeißen, wenn du weißt, was ich meine. Ohne Zähne ist das alles nichts. Da kannst du auf alles nicht mehr so richtig pfeifen. Aber die allerhässlichste aller Arschkarten hast du in der Hand, wenn plötzlich die Tür aufgeht und ’ne olle Hexe oder ein verdammter Zwerg vor dir steht und dir all das klaut, was du ihm eigentlich verhökern wolltest. Und dich dann nicht mehr nach Hause lässt, weil du ihm ans Bein pinkeln kannst. Nicht gefährlich, aber lästig! Und das reicht schon. Dreimal darfst du raten, wer dann im Ofen schmort! Alles klar? Also, schön aufpassen – jetzt und in jeder Stunde.“ Manne unterwies Hotte, indem er ein bekanntes Märchen ein bisschen umdeutete.

„Schon klar, Mann. Bin ja nicht blöd!“, versicherte Hotte.

Wollen wir es hoffen, dachte der andere und nickte.

Plötzlich fiel Hotte noch was ein: „Woher wissen die Kerle eigentlich davon?“

„Keine Ahnung. Jedenfalls ist es hundertprozentig. Und das ist unsere Chance!“

Am Nachmittag rieselten die ersten Flocken. Robert und Simone waren gemeinsam zum Kliff gegangen und schauten über die Bucht.

„Hat dir der Duft vorhin gefallen?“, wollte sie wissen.

„Ja, so schön nach Sommer ...“

„Nein, den meine ich nicht. Ist dir wirklich nichts weiter aufgefallen?“, lachte sie und schaute ihn prüfend an.

Robert überlegte. „Was meinst du?“

„Im Foyer steht der Weihnachtsbaum ...“

„Ach, das meinst du. Ja, der ist wirklich schön. So groß und so herrlich festlich geschmückt, ohne Lametta und Wattebäuschchen und ...“

„Und?“, forschte Simone, als Robert plötzlich stockte.

„Der hat so herrlich geduftet: nach Harz, nach Wald, nach Nadelgrün und ...“

„Und?“ Sie sah ihn aufmerksam an.

„So was Festliches, Weihnachtliches, Süßes, Fruchtiges, ganz dezent. Es erinnert ...“

„Es erinnert ... woran?“, führte sie seinen Gedanken weiter.

„Ja, es erinnert an eine glückliche Zeit, an bunte Lichter“, sagte Robert und schaute sie verzückt an.

„Genau. Bunte Lichter im Tannengrün. Duft nach meinem Rezept!“, verkündete Simone stolz.

„Was denn – das ist ein Duftstoff? Gar nicht echt?“ Er war jetzt aber echt verblüfft.

„Na ja, es ist doch jedes Jahr dasselbe. Diese Weihnachtsbäume verlieren spätestens nach ein paar Tagen ihren Wald- und Nadelduft und dann riecht es bestenfalls nach nichts. Aber meistens riecht es doch nach was; nach Moder nämlich, als wäre das Foyer dabei, sich in einen Komposthaufen zu verwandeln! Der blanke Horror für meine fünf Sterne! Zu viel Wasser drin, Chemie oder sonst was, weiß der Kuckuck. Und der Baum muss raus."

Sie verzog angewidert das Gesicht.

„Mit ‚Weihnachtslicht' hält er mindestens bis Ende Januar durch. Ist nämlich ganz schön teuer, so ein fünf Meter hoher Weihnachtsbaum! Davon will man schließlich so lange wie möglich was haben", meinte sie.

„Und den hast du in deiner kleinen Hexenküche zusammengebraut", sagte er anerkennend.

„Diesen Duft und noch viele andere. Eine Kollektion aus Naturdüften ist da entstanden. Sommer, Winter ... Wald, Strand ... Weihnachten ..."

Robert war beeindruckt. Er hat ohnehin nie verstanden, warum Simone, die studierte Chemikerin, ein Hotel gekauft hatte.

„Besuche mich doch mal im Labor! Neu 15. Etage! Die kennst du ja."

Er versprach es.

Plaudernd gingen sie ins Hotel zurück.

Am frühen Abend klopfte Robert an die Tür mit der Aufschrift „Privat".

Simone öffnete. „Bin eigentlich immer hier zu finden. Um die Geschäfte kümmern sich die Angestellten. Ich komm nur dazu, wenn was Kniffeliges anfällt. Komm doch rein!“, sagte sie und schloss hinter ihm die Tür.

Regale voller Flaschen, Fläschchen, Ballone füllten den Raum. Die zahllosen Farben und vor allem Gerüche betäubten und vernebelten seine Sinne.

„Wie hält deine Nase das bloß aus und vor allem die Gerüche auseinander, wenn du was Neues testest?“, wunderte sich Robert.

Simone wies mit dem Kopf auf ein Regal. „Dahinter befindet sich ein geruchsneutraler Raum. Sehr erholsam, auf jeden Fall für ungeübte Nasen. Nur ausgewählte Düfte lasse ich da aus der Flasche und dann wird gefächelt und geschnüffelt, dass es eine wahre Freude ist. Oft geht das stundenlang so, aber dann wird gut gelüftet“, lachte sie und atmete tief ein.

Robert war beeindruckt.

„Und wo steht das Weihnachtswässerchen?“, fragte er und sah sich suchend um.

Sie holte einen Flakon mit einer gelblichen, öligen Flüssigkeit aus einem kleinen Regal neben der Tür, in dem nicht mehr als zehn dieser Fläschchen standen:

„Sieht man der gar nicht an, stimmt's? Hier lies!“

„‚Weihnachtslicht‘. Schön, aber ich hätte ehrlich gesagt was Grünes erwartet.“

„Was am Baum so herrlich duftet, ist ja auch nicht grün. Neben Harzen und Ölen hab ich ein Dutzend ergänzender Zutaten beigemischt. Das Rezept ist geheim. – Und hier, sieh mal …“ Sie nahm zwei weitere Flakons vom Regal.

„‚Sommerregen‘ und ‚Warme Sommernacht‘“, las er vom Etikett ab. „Hört sich irgendwie nach Parfüm an.“

„Ist aber kein Parfüm. Es sind Erddüfte, eben wie die Erde duftet, wenn Sommerregen einsetzt oder in einer Sommernacht, wenn Levkojen in die Dunkelheit hinausduften", erklärte sie ihm.

„Hört sich gut an und riecht auch wunderbar. Aber was hast du damit vor?", fragte er.

„Ich habe Pläne", entgegnete sie ausweichend und wechselte das Thema.

„Wir fangen nachher um neun an. Und du hast deinen ersten großen Auftritt als Weihnachtsmann, wie vereinbart. Hier oben in der SkyBar, mit Ausblick und Terrasse. Deck dich im Restaurant mit Kleinen Feiglingen ein, zum Verteilen. Die Leute mögen das: gratis und Schnaps."

Es war Abend und längst dunkel. Ein kleiner, heller Lieferwagen fuhr mit leisem Motor durch den Wald. Oben am Kliff, am Ende der Bucht und optisch gut geschützt hielt er am Gestrüpp. Zwei Männer stiegen aus. Der eine betete eine Checkliste herunter, der andere hörte widerwillig zu.

„Hast du das alles?", fragte Manne.

„Ja doch!", reagierte Hotte gereizt. Er wollte sich konzentrieren, doch Manne nervte. Und er hörte nicht auf damit.

„Rückweg auch klar? Ich warte hier! Und du weißt, was du da sollst?" Manne konnte es einfach nicht lassen. Diese halbe Portion, dieser Zwerg, dieses wandelnde Gehirn auf zwei Beinen!

„Glaubst du, ich bin blöd oder was?" Er funkelte Manne böse an.

Am liebsten würde Hotte den verdammten Zwerg die 30 Meter zum Strand hinunterschleudern. Dann wäre endlich Ruhe und er könnte sich konzentrieren. Er musste sich wirklich beherrschen und ging lieber los.

Es war kalt, der Schnee knirschte unter seinen Füßen. Langsam beruhigte er sich. Mit dem Rucksack auf dem Rücken sah er fast aus wie ein Weihnachtsmann, der auf dem Weg zur Bescherung war.

Ohne spürbares Getöse zogen helle Schneewolken auf. Und die tauchten den Wald in ein seltsam eisiges, gelbgraues Licht. Als er sich ans „Oceans Life“ bis auf etwa einhundert Meter herangepirscht hatte, setzte er den Rucksack ab und öffnete ihn. Hotte zog etwas heraus, womit er sich verkleidete.

Der Weihnachtsmann würde sich freuen, wenn er das sehen könnte!

Im Schutz der Dunkelheit, des Waldes und auf leeren Wegen schlich er sich an den Seiteneingang des Hotels. Er zog einen Schlüssel aus der Tasche, den sie von einem Typen aus dem Hotel gegen ein paar grüne Scheine bekommen haben, und öffnete die Tür, huschte hinein und schloss sie wieder ab. Im Fahrstuhl drückte er die Taste.

Hotelgäste, die ihn zu Gesicht bekamen, schütteten sich aus vor Lachen.

Hotte wusste, dass er gut getarnt war. Auf keiner Videoaufnahme würde er zu erkennen sein und auch beschreiben konnte ihn niemand, jedenfalls nicht ihn: Hotte.

Robert Warmup hatte seinen ersten Einsatz verpennt und kam eine halbe Stunde zu spät. Doch das störte keinen. Die Kleinen Feiglinge klimperten in den großen Taschen seines roten Mantels.

„Na, dann leg mal los!“, schickte Simone ihn in den vorweihnachtlichen Abend.

Er ging von Tisch zu Tisch, machte mal hier einen Scherz, drohte mal dort mit der Rute. Er testete, ob die Gäste gängige Weihnachtslieder und Weihnachtsgedichte beherrschten und hätte sich meistens lieber die Ohren zugehalten.

„O großer Gott, wenn ihr das bis Weihnachten nicht drauf habt, gibt es nix …, höchstens hiermit was“, schwang er poltrig das Reisigbündel in der Hand. Die Leute lachten und Robert Warmup, der unter seiner Verkleidung schwitzte, zog weiter zum nächsten Tisch, der noch nicht richtig gedeckt war. Immer spendierte er ein paar Fläschchen.

Ein DJ machte Musik, die Gäste tanzten dazu und der Weihnachtsmann verteilte mit dem Reisigbesen leichte Klapse auf große, schwabbelige beziehungsweise kleine, spacke Hintern. Na ja, Klapse … manchmal fast Streicheleinheiten. Einige Damen drehten sich lüstern um und nicht jeder Mann war davon begeistert. Manchmal war es auch umgekehrt. Aber die meisten taten so, als ob ihnen genau das für ihr Glück heute Abend noch gefehlt hatte. Man war ja kein Spielverderber.

So, jetzt musste der Weihnachtsmann aber mal pinkeln.

Das Klo befand auf halber Strecke zwischen SkyBar und Labor. Als Warmup das WC wieder verließ und seinen roten Mantel zuknöpfte, nahm er im linken Augenwinkel eine Bewegung wahr – in der Nische, wo sich der Zugang zum Labor befand.

„He, Sie da! Was machen Sie da! Das kann ja wohl nicht wahr sein!“, echauffierte er sich und ging näher heran.

Da machte sich ein – ja, zum Kuckuck, was war das eigentlich! – an der Tür zu schaffen. Warmup sah nur einen hellbraunen Umhang und ein – er glaubte zu träumen! – Geweih auf dem Kopf.

Von einem Pferd auf dem Flur hatte er schon mal gehört, von einem Hirsch oder so etwas noch nicht.

„He, Sie da!“, rief er noch einmal.

Der Typ ist im Labor gewesen und schloss jetzt die Tür.

Warmup riss ihn an der Schulter herum und ließ ihn verblüfft wieder los.

„Mensch Rudi, was machst du denn …?“ Mehr brachte er nicht heraus.

Nicht, dass Warmup den Typen gekannt hätte. Aber vor ihm stand jemand, der als Rentier verkleidet war. Rentier Rudi, mit der roten Nase – rot wie eine Schnupfennase. Der treueste Freund des Weihnachtsmanns, zumindest der Legende nach. Und der Typ glotzte ihn aus der Maske an, in deren Mitte eine große rote Nase prangte. Auf dem Kopf trug er ein albernes, aufblasbares Geweih.

Warmup fing sich wieder.

„Sagen Sie mal, was haben Sie da drin gemacht? Zeigen Sie mal, was Sie da in der Tasche haben?“ Warmup war erbost.

Rentier Rudi, also Hotte, war noch immer perplex. Er wusste nicht, was er sagen sollte. Lieber die Klappe halten, dachte er, und so schnell wie möglich verschwinden. Aber dieser Weihnachtsmann würde ihn ganz sicher nicht gehen lassen und Alarm schlagen. Hotte griff in seine Hosentasche voller Werkzeug …

Robert Warmup bekam keine Antwort, sondern einen Stich ins Herz, mit einem Schraubenzieher.

Verblüffung und Entsetzen lag in seinen Augen, als Warmup

in sich zusammensackte und auf den Marmorboden fiel. Auf dem roten Mantel breitet sich ein dunkler, feuchter Fleck aus.

Der Weihnachtsmann röchelte sein Leben aus und Rudi rannte weg.

Verdammte Scheiße! Das war so nicht geplant. Rudi, also Hotte, hoffte, dass niemand den Mord entdeckte, solange er noch im Hotel war. Bevor er über die Treppe verschwinden konnte, hörte er hinter sich einen Schrei. Er sah sich am Treppenabsatz um. Eine Frau stand neben dem Toten und neben ihr ein Kerl in Uniform, der Hotte bereits entdeckt hatte. Auch das noch, dachte Hotte. Ein durchtrainierter Securitymann, kein lahmer Fettwanst. Wo kamen die Beiden so schnell her? Hotte stürmte die Treppen hinunter und verschwand durch jene Tür aus dem Hotel, durch die er hineingekommen war.

Der Schneefall war stärker geworden, die Temperaturen waren weit unter null. Hotte tastete nach dem Rucksack auf seinem Rücken, in dem die Beute versteckt war. Alles da. Dann stampfte er los. Der dichte Schneefall war wie eine weiße Wand, die er endlos zu durchschreiten schien. Als er endlich den blutigen Schraubenzieher in seiner rechten Faust entdeckte, den er fest umklammert hielt, schleuderte er die Mordwaffe wie eine bissige Schlange weit von sich. Er stapfte und stolperte durch den Winterwald. Doch er fand den Weg, den er gekommen war, nicht wieder. Seine Spuren waren längst unterm Schnee begraben. Also los, dachte er, auf zum Kliff und dann zum Treffpunkt. Die Richtung müsste stimmen.

Alles war weiß. Um ein Haar wäre er am Kliff abgestürzt. Er fing sich rechtzeitig und schlug den Weg entlang des Hochufers ein, mit einigen Metern Abstand zum Abgrund. Der Weg war zwar voller Schnee, dafür ohne weitere Hindernisse, wie Äste, Zweige, Gestrüpp und tückische Senken. Irgendwo da hinten wartete Manne im warmen Auto. Er blickte fast sehnsüchtig durch das nachlassende Schneetreiben über die Bucht.

Als er die Seebrücke entdeckte, die ein paar Hundert Meter in die Bucht hineinragte, hatte er eine Idee, eine gute, wie er glaubte.

Er würde die Abkürzung nehmen. Warum auch nicht? Das Wasser war tief gefroren. Während ihrer Erkundungstouren hatten sie Leute auf dem Eis gesehen. Seither war es noch kälter geworden, das Eis wohl noch tragfähiger. Er würde die zugefrorene Bucht durchqueren.

Er drehte sich noch einmal um und da entdeckte er weit hinten einen dunklen Punkt, der sich zielstrebig in seine Richtung bewegte. Das sah nach einem Verfolger aus, wohl der Securityfritze.

Und der kam schnell näher.

Hotte legte jetzt einen Gang zu, überquerte die Brücke und ging dann aufs Eis …

Am nächsten Tag wurden zwei Leichen gefunden. Die erste morgens um halb neun.

„Guck mal, Mutti, sieht aus wie die Antenne von einem Raumschiff!“, rief ein kleiner Junge. Die beiden waren vom Strand aufs Eis gelaufen und passierten gerade die von Eismassen eingeschlossene Seebrücke. Am Brückenkopf ragte ein schneeummanteltes Gebilde in den Himmel, das man für ein Raumschiff halten konnte, tatsächlich aber eine Taucherglocke war, winterfest eingemottet.

Die Mutti sah genau hin. „Das ist keine Antenne, mein Schatz, das ist ein Geweih!“, entgegnete sie erstaunt. Was machte ein Geweih an der Taucherglocke? Was war das überhaupt für ein Tier? Hirsch, Reh jedenfalls nicht. Sie sah genauer hin und dann fiel der Groschen. Ja, es war das Schaufelgeweih eines Rentiers! Bisschen klein geraten, aber vom Rentier. Daran gab es für sie keinen Zweifel. Aber was machte ein Rentier auf einer Taucherglocke. Der Körper war eingeschneit, sah man aber genauer hin, erkannte man den Umriss eines Menschen.

„Ich glaube, wir holen lieber die Polizei“, sagte sie mehr zu sich selbst und zückte ihr Handy.

Kommissarin Lisa Knoblich war innerhalb weniger Minuten vor Ort, begleitet vom Securitymann, den sie noch mal nach einem Besen ins Hotel geschickt hatte. Als der Tote frei gefegt war, hätte sie beinahe angefangen zu lachen.

Er klebte etwa in der Mitte der glattwandigen Taucherglocke, als hätte ein Riese seinen alten, klebrigen Kaugummi aus dem Mund genommen, zu einem Männlein geformt und dagegengeklatscht.

Es sah aus, als versuchte er die Taucherglocke in luftiger Höhe zu umarmen.

„Na, Sie Held! Und den haben Sie nicht gesehen“, rüffelte die Kommissarin den Mann, der den Mörder verfolgt hatte.

„Es war dunkel, es hat geschneit und die Fußspuren führten übers Eis …“, verteidigte er sich. „Ich dachte, der ist weg.“

„Doch er ist zurück, über das Geländer und hat sich da oben versteckt … soso“, rieb die Kommissarin dem Mann seinen Irrtum unter die Nase.

Aber wie, grübelte die Kommissarin, ist er die glatte Wand hinaufgekommen?

Ihr ging diese Idee, dieser spontane Eindruck von eben, der Riese mit dem klebrigen Kaugummi, nicht aus dem Kopf. Und dann fiel der Groschen. Na klar, dachte sie, der Frost hat ihn leicht angefroren, er konnte sich anfangs auch leicht wieder lösen. Der war da wie ein Gecko hoch. Doch dann musste er zu lange in dem Versteck verharren, hat sich an die Taucherglocke gepresst, ist angefroren und kam nicht mehr weg.

„Sehen Sie mal, er hat die Hand aus dem festgefrorenen Handschuh gezogen, er wollte sich befreien. Aber dann fror die Hand fest … Mein Gott! – Na ja." Ihr Mitgefühl hielt sich in Grenzen. Der Kerl war schließlich ein Mörder.

Eine Stunde später durchsuchte die Kommissarin Hottes Rucksack.

„Ist es das, was er Ihnen gestohlen hat?", wandte sich die Kommissarin an Simone Klein, die zwischenzeitlich vom Hotel herübergekommen war, und hielt ihr ein Flakon und eine Mappe, jeweils mit der Aufschrift ‚Weihnachtslicht', unter die Nase.

Simone nickte stumm und schniefte. Sie war völlig aufgelöst. Der Tod Robert Warmups hatte sie wie ein Blitz aus heiterem Himmel getroffen. Wer ihn getötet hatte, stand zweifelsfrei fest.

„Was ist das? Können Sie sich denken, was er damit vorhatte?" Die Kommissarin war ratlos.

Simone rührte sich nicht.

„Ja, und …?", drängte Lisa Knoblich. Doch Simones Stimme war tränenerstickt. Sie brachte kein Wort heraus. Die Kommissarin musste warten.

„Chefin, da ist noch ein Toter!", rief ein Uniformierter plötzlich von Weitem. Er kam über das Eis gelaufen.

„Was, noch einer? Wo? Auch erfroren?“, fragte die Kommissarin verblüfft.

„Nee, der ist erstickt. Im Lieferwagen, steht dort hinten im Wald, am Ende der Bucht.“ Er zeigte in eine bestimmte Richtung.

Über die zugefrorene Bucht war man am ehesten da. Wenn die beiden nicht zusammengehören, fress ich ’nen Besen, gelobte die Kommissarin im Stillen. Dieser Hornochse von Mörder wollte wohl eine Abkürzung nehmen.

„Wie ist denn das passiert?“, forschte die Chefin weiter.

„Der hat da wohl gewartet, den Motor laufen lassen und die Heizung auf die höchste Stufe gestellt. War ja arschkalt letzte Nacht. Und dann ist so etwas wie eine Wand aus Schnee um das Auto entstanden. Die Abgase konnten nicht abziehen. Der Tank ist übrigens leer.“

Am Abend fand Simone ihre Sprache wieder und sagte, dass sie sich den Raub nicht erklären konnte: „‚Winterlicht‘ ist einfach nur ein Duft. Keine Ahnung, was er damit vorhatte.“

„Was kann man damit anstellen?“, fragte die Kommissarin.

„Zum Beispiel einen geruchlosen Weihnachtsbaum wieder zum Duften bringen“, erklärte sie und zuckte mit der Schulter. „Die riechen wieder wie frisch geschlagen und noch besser.“

„Soso. Wen könnte das interessieren?“, bohrte Lisa Knoblich weiter.

„Leute, die auf dem Markt einen geruchslosen Weihnachtsbaum erwischt haben zum Beispiel“, seufzte Simone ratlos.

„Aber warum sollten sie so viel riskieren und woher sollten sie von Ihrem Wässerchen gewusst haben?“, wunderte sich die Kommissarin.

„Das ist mir auch rätselhaft“, gab Simone Klein zu.

Einen Tag nach den Feiertagen in einem noblen Anwesen irgendwo auf dem Land, mitten im Wald. Das Ganze sah ein bisschen aus wie das Pfefferkuchenhaus aus dem bereits erwähnten Märchen. Die Fensterläden sahen wie hellbrauner Lebkuchen aus und die Leuchtgirlanden am Dachfirst wie Zuckerschlangen. Daneben stand eine Sauna aus dunklem Holz, dunkel wie edle Schokolade. Rauch kringelte aus dem Schornstein, so fein und kaum bewegt wie ein Gespinst aus Zuckerwatte. Drinnen auf den Holzbänken schmorten zwei Herren in der Hitze.

„Und die sind beide tot? Erfroren der eine, erstickt der andere? Mein Gott, was für Amateure!“, erboste sich auf der oberen Saunabank ein Herr namens Nordmann. Nordmann war nicht sein richtiger Name, sondern eine Art Spitzname, eigentlich hieß der Mann Meier. Aber er war der mächtigste Händler von Weihnachtsbäumen, nicht nur in Deutschland, sondern in ganz Europa.

„Ja, das ist wirklich ärgerlich. Mit diesem Duft ... äh, wie heißt der noch ... ähm ‚Weihnachtslicht‘ oder so hätten wir Tannenbäume, die niemand haben will, weil sie kaum duften oder noch schlimmer, nach Moder oder gar konservierender Chemie müffeln, an den Mann bringen können. Sogar hässliche Bäume hätten himmlisch geduftet und einen Käufer gefunden. Uns entgehen Millionen! Und die Konkurrenz ist groß: Bäume aus Kunststoff und dann dieses billige Gestrüpp von wer weiß woher. Was da so alles drin ist, kann man nur vermuten. Wirklich ärgerlich.“

„Sollen wir vielleicht selber so einen Duft kreieren?“, warf der andere Mann ein. Er war ein enger Mitarbeiter aus der Chefetage.

„Da sollen mindestens zehn ganz spezielle Zutaten drin sein. Das bekommt auf die Schnelle niemand hin. Die Dame soll jahrelang dran getüftelt haben, sagen unsere Scouts, die sie auch aufgespürt haben. Frag mich nicht, wie! Das weiß ich nicht und das will ich auch nicht wissen." Nordmann schüttelte seinen kahlen Kopf.

„Dann erpressen oder entführen wir die Dame eben ...", entgegnete der andere.

„Ach, und zu guter Letzt lassen wir sie verschwinden oder wie ... Vergiss es!", sagte Nordmann bestimmt.

„Aber es geht um sehr viel Geld und unsere Zukunft." Der Mitarbeiter ließ nicht locker.

Nordmann seufzte und sagt nichts mehr.

Creepy Christmas

Wie hast du mich immer genannt? Alte Schachtel, stimmt's? Ich erinnere mich nicht gern daran. Nun ja, aber ich will mal nicht so sein. Schwamm drüber und das Kriegsbeil begraben, wenigstens in den nächsten Tagen. Weihnachten, o du Fröhliche, steht vor der Tür und deine alte Schachtel, mein Lieber, hat sich etwas Wunderschönes für dich ausgedacht. Darauf wärst du nie gekommen. Ich glaube, du wirst dich freuen, du verdammter Kerl. Ja, ich glaube, du wirst dich sehr darüber freuen, wie wir beide die Feiertage miteinander verbringen werden.

Ein bisschen anders, als in den vergangenen Jahren.

Doch das Ritual wirst du wiedererkennen. Da bin ich mir sicher.

Die meiste Zeit des Jahres lasse ich dich nicht ans Tageslicht. Aber das hast du ja vielleicht schon längst mitbekommen. Und ehrlich, ich bin froh, wenn ich dich nicht sehen muss. Doch zu Weihnachten ist das etwas anderes. Da trifft sich die Familie, die bucklige Verwandtschaft, durch Blut und Heirat aneinandergekettet.

Nun ja, du bist alles, was ich mit meinen gut sechzig Jahren an Familie noch habe. Und deshalb werden wir es uns gemütlich machen. Ich kann dir gar nicht sagen, wie ich mich darauf schon freue. Vor allem auf den Entenbraten, den bunten Teller, die Weihnachtsmusik, die sich in meinen Ohren geisterhaft nach verlorener Zeit anhört. Wellen von Schauern laufen mir jedes Mal über den Rücken, wenn mir dieses Gedöns in die Ohren kriecht. Ja, ja, ich weiß, dich lässt die Musik kalt und nicht nur die. Auch Entenbraten magst du nicht, den bunten Teller rührst du ebenfalls nie an. Da muss ich dann immer ... alles muss ich selber tun. Nein, ich beklage mich nicht. Anders habe ich es ja nicht gewollt. Es ist gut so, wie es ist. Im Grunde könnte es nicht besser sein.

Und du sagst ja nie etwas dazu.

So, nun aber genug geredet. Die Feiertage beginnen erst morgen. Heute habe ich noch zu tun. Ich muss in den Supermarkt und der Weihnachtsbaum fehlt auch noch. Ja, ja, ich weiß, wieder auf den letzten Drücker. Aber bisher habe ich jedes Jahr einen abbekommen. Sogar Schönheitswettbewerbe könnte man mit denen gewinnen. Mit dir war nicht einmal ein Blumentopf zu gewinnen. Aber, Schwamm drüber. Darauf kommt es nicht an. Er soll vor allem eins: Dich so richtig zur Geltung bringen. Du wirst dich nicht beklagen. Aber das hast du ja schon lange nicht mehr getan.

Ein paar Stunden, bevor die beiden Weihnachtsbaumverkäufer ihren Stand für dieses Jahr schließen, treffe ich auf dem fast leeren Platz ein. Die Temperaturen sind unter den Gefrierpunkt gefallen. Sage und schreibe fünf Bäume, auf die leise Schnee rieselt, stehen noch zur Auswahl – letztes Jahr waren es nur drei und in dem Jahr davor nur einer. Fast 100 Euro muss ich den Verkäufern, die mich seit Jahren kennen, für den etwa zwei Meter hohen, sehr ausladenden und wunderschönen Baum hinblättern. Aber das ist es mir wert – alle Jahre wieder. Sehr wahrscheinlich, dass meine Gewohnheit, den Baum auf den letzten Drücker zu kaufen, die Ladenhüter erst so richtig teuer macht. Oder er hebt ihn („Der ist unverkäuflich!“) extra für mich auf. Aber das ist mir egal. Warum? Ganz einfach, weil mir dieses Ritual lieb geworden ist: Ich nehme einen Baum, der übrig geblieben ist. Das ist meine Buße. Und das Bußgeld ist überschaubar.

Eigentlich müsste ich sehr viel mehr bezahlen!

Aber niemand weiß, was ich getan habe. Und so soll es bleiben.

Nachdem einer der beiden Verkäufer den Weihnachtsbaum für ein paar Euro vor meiner Wohnungstür abgestellt hat, bekommt er sein Geld und verabschiedet sich. In die Wohnung kommt mir niemand!

Den Weihnachtsbaum wuchte ich selbst auf den Balkon, wo er noch eine Nacht kühl lagert.

So, das wäre dann auch geschafft. Und jetzt geht's noch in den Supermarkt.

Wie ich die vielen Leute hasse!

Die sehen mich alle ganz seltsam an – als versuchten sie, mein Inneres zu durchschauen, schlimmer noch: als wüssten sie Bescheid, über dich und mich, mein Lieber.

Doch das kann nicht sein. DAS KANN NICHT SEIN! Dieser Satz kurvt in Situationen wie dieser als Mantra durch den Innenraum meines Schädels. Äußerst beruhigend! Ich fühle mich sicher und werde besonnen zwischen den Regalen umhergehen, um meine Einkaufsliste abzuarbeiten.

Für einen Einkaufswagen muss ich erst einmal anstehen! Na ja, kein Wunder. In den nächsten Tagen sind alle Supermärkte geschlossen. Wer für die Feiertage noch was Frisches will, kauft das kurz vorher. *Wer was Frisches will* … Mein Gott, wer will das nicht. Hört sich wie ein verlogener Werbetext an.

Ja, ja, mein Lieber, zu deiner Zeit hat man auf diesen Quatsch noch gehört. Aber das ist lange her. Heute will man die Frische sehen, obwohl ... na ja ... das hört sich auch nicht viel besser an. Ist genauso verlogen und klingt nach ausgefeilter Chemie, nach Beschiss und Täuschung.

Ach, da ist ja endlich ein Einkaufswagen frei geworden. Da will ich dann mal ... Das kann doch nicht wahr sein! So ein verdammter Kerl, um die fünfzig, schnappt mir den einfach vor der Nase weg! Der war noch gar nicht dran. Der ist genauso alt, wie du damals gewesen bist, mein Lieber, als dein Leben und deine Erinnerungen dich verlassen haben. Wenn dieser ungehobelte Kerl wüsste, was ich damit zu tun habe, nein – er würde mir den Wagen nicht freiwillig und schon gar nicht mit Kusshand überlassen, er würde ... Nun gut, ich rege mich mal lieber nicht über diesen Flegel auf. Sonst rutscht mir womöglich ein unbedachtes Wort heraus und dann, mein Lieber, könnten wir wohl nie mehr zusammen Weihnachten feiern. Diese Vorstellung ist für mich nicht so prickelnd. – Ach, da fällt mir ein, ich habe vergessen, eine Flasche Sekt aufzuschreiben. Na ja, der steht gleich im übernächsten Regal. Bis dahin werde ich mir das ja wohl noch merken können.

So, jetzt hab ich endlich meinen Einkaufswagen. Da kann's ja losgehen. Also erst mal den Sekt, dann die Ente, frisch, nicht zu klein. Schließlich bin ich von uns beiden die einzige, die sich auf die gebratene Ente freut und die überhaupt irgendetwas anrührt. Ein bisschen Lebkuchen, Stollen hab ich noch. Kräuterschnaps. Ente muss schwimmen, hast du immer gesagt. Das weiß ich noch. Ist lange her. Aber ich hab es noch im Ohr. Sagt man doch so, oder? Als hättest du es eben erst gesagt. Vielleicht, weil du ständig etwas in der Art gesagt hast. Auch deine Stimme ist manchmal da und dein versoffenes Lachen: Ente muss schwimmen. Deine alkoholgetränkten Witze haben mich immer angewidert. Denn bei dir schwamm nicht nur zu Weihnachten und nicht nur die Ente im Schnaps. Auch Schnitzel, Steak, Wildschwein ... Kurz gesagt: Alles was du in dich hineingestopft hattest, musste deinen mit Fusel gefüllten Magen passieren, bevor es in deine Gedärme abgetaucht ist.

Eines Tages hab ich den Stöpsel gezogen. Sagt man doch so, oder? – Halt, Moment! So geht das nicht. Ich wäre beinahe an den Nüssen, Äpfeln und Apfelsinen vorbeigegangen.

Ach ja, Ketchup noch, Rotkohl und Kloßmasse ... Wo ...? – Ach, dort!

So, das wäre auch erledigt.

Wo war ich stehen geblieben? Ach ja, richtig: Warum hast du mich nicht in Ruhe gelassen? Du weißt schon, was ich meine. Beinahe jeden Abend hast du mich mit Schlägen traktiert. Manchmal gingen Knochen zu Bruch, Zähne fielen aus. Ich weiß nicht, wie lange ich das noch ertragen hätte. Wohl viel zu lange. Doch dann hast du den Bogen überspannt: Als hätte das alles nicht schon gereicht, hast du mich eines Abends am Hals gepackt und zugedrückt. Gott sein Dank lag das neue Tranchiermesser in Reichweite. Die Waffe hab ich tief in deinen Hals gestochen und das giftige Blut schoss im hohen Bogen aus dir heraus.

Sicherheitshalber hab ich noch ein paar Mal zugestochen, um sicher zu gehen und keine böse Überraschung zu erleben.

Doch du versoffener Pavianarsch warst auf der Stelle mausetot.

Na ja, ist alles lange her. Das sagt man so. Aber ich finde, es stimmt nicht ganz. Denn damals hat mein heutiges Leben begonnen. Unsere Beziehung ist seither anders. Ist mir schon klar, dass dich das nicht interessiert. War früher genauso. In diesem Punkt hat sich im Grunde nichts geändert.

Ansonsten schon. Du siehst echt creepy aus. Trotzdem oder vielleicht gerade deshalb werde ich dich über die Feiertage wieder aus der Schachtel holen.

Ach, da – beigefarbenes Marzipan, diese kleinen, süßen Kartöffelchen aus Mandelmus. Hm, lecker, davon nehme ich ein bisschen mehr. Noch einen Weihnachtsmann aus Schokolade, oder nein … ich nehme gleich zwei Weihnachtsmänner.

So, das wär's. Alles andere habe ich. Das wird reichen.

Wie gut, dass ich nicht mehr so viel benötige und aus dem Supermarkt nach Hause tragen muss.

Du bist damals viel größer und schwerer gewesen, als es jetzt der Beutel in meiner Hand ist. Mir blieb vor gut sieben Jahren gar nichts anderes übrig, als dich in kleinen Portionen aus dem Haus zu schaffen – an einen auch dir vertrauten Ort! Die Wurzeln der Möhren, Radieschen und Blumen im Garten hinterm Haus haben dich von oben angebohrt und deine brauchbaren Bestandteile aus dir gesaugt. Wo ich dich verscharrt hatte, gediehen die Pflanzen besonders üppig.

Selbstverständlich ist das Gemüse komplett auf dem Misthaufen gelandet. Pfui Teufel, davon konnte ich doch nichts essen, und die Blumen wollte ich nicht in meiner Wohnung!

Nichts Lebendiges von dir! Nie wieder!

Es hat lange gedauert, bis an deinen Knochen nichts Verderbliches mehr dran war. Viele Jahre. Bei der Gartenarbeit habe ich regelmäßig nachgeschaut. Das Haus habe ich gehasst! Aber ich konnte nicht weg, solange du im Garten gelegen hast.

Ich muss langsam gehen. Der anhaltende Schneefall und die Kälte haben die Straßen in rutschige Bahnen verwandelt. Das ist nichts für mich. Bloß nicht hinfallen ...

So, geschafft! Im Hausflur stampfe ich den Schnee von meinen Schuhen. In den nächsten Tagen bekommen mich keine zehn Pferde aus dem Haus! Wir machen es uns gemütlich: ich mehr, du weniger. Gleich morgen früh fangen wir damit an.

Für den Weihnachtsbaum könnte ich Hilfe gebrauchen. Der ist ganz schön schwer und duftet herrlich. Ich schleife den Baum Zentimeter um Zentimeter vom Balkon in das Wohnzimmer. Bisher ist es mir immer irgendwie gelungen, das Schmuckstück in den Ständer zu wuchten, der zu ebener Erde steht, an der Wand zwischen Fernsehgerät und einer dunklen Anbauwand aus den achtziger Jahren.

Das fällt mir von Jahr zu Jahr schwerer. Man wird schließlich nicht jünger.

So ... das wäre erledigt!

Und gleich bist du dran ...

Es kam damals natürlich, wie es kommen musste. Allerdings viel zu langsam, wenn du mich fragst. Nach sage und schreibe vier Jahren (ich hatte mit nur zwei bis drei Jahren gerechnet, aber ich musste gießen und der Boden war feucht, da dauerte es länger!) lagen endlich deine blanken Knochen in der Erde. Das ganze Drumherum hatte sich in Humus verwandelt. Die Pflanzen sprossen und gediehen fantastisch auf deinem Mist. Für mich roch es überall nach Verwesung.

Eines Tages fing ich an, deine Knochen einzusammeln, die mittlerweile lose in der Erde lagen. Jeden Tag ein paar. Ich habe sie gewaschen, getrocknet. Eines Tages war es soweit: Alles, was von dir übrig geblieben war, passte in eine Schachtel: der massige Schädel (den Unterkiefer habe ich mit Draht wieder befestigt), große und kleine Knochen, Rippen, Wirbel und so weiter.

Doch ein Schlüsselbein fehlte. Ich konnte es nicht finden.

Entweder war es mir beim Ausgraben deiner Gebeine durch die Lappen gegangen oder Pflanzen hatten es mit ihrem Wurzelgeflecht umsponnen. Ob ich den Knochen unbemerkt aus der Erde gezogen und entsorgt hatte? Ich wusste es nicht. Den alten Misthaufen wollte ich auf jeden Fall nicht danach durchwühlen. Auf einen Knochen mehr oder weniger kam es mir letztlich nicht an.

Und nun konnte ich endlich das Haus, das einem Gefängnis geglichen hatte, verkaufen.

So, der Weihnachtsbaum steht und jetzt hole ich die alte Schachtel mit deinen Knochen aus dem Kleiderschrank im Schlafzimmer, wo sie gut versteckt sind.

Mist, der Deckel klemmt ein bisschen.

Na endlich, da bist du ja! In Watte eingepackt, damit die bleichen Knochen nicht aneinanderstoßen.

Grins nicht so!

Weihnachtskugeln, Strohsterne, Schneemänner und so'n Zeug kommen mir schon lange nicht mehr an den Weihnachtsbaum.

Man kann durchaus sagen, dass du den Baum schmückst. Das hast du früher auch getan, nur anders. Da hast du den Weihnachtsbaum jedes Jahr mit goldenen und silbernen Kugeln behängt und viel Lametta über die Zweige geworfen. Heute schmücken deine Knochen den Baum. Und das erledige ich!

Bevor ich deine Gebeine in diesem Jahr an den Weihnachtsbaum hänge, male ich sie an. Ich habe extra dezent leuchtende Farben gekauft. Es soll bunt und festlich aussehen. Nicht wie in den vergangenen Jahren, wo deine Knochen ein bisschen bleich wie Salzgebäck in dem frischen Grün hingen. Zugegeben, anfangs hatte mir das sehr gefallen, aber jetzt eben nicht mehr …

So, das wäre geschafft.

Es hat länger gedauert, als ich gedacht habe. Doch der Baum sieht gut aus, wirklich gut. Eigentlich sollte dein Kopfgebein oben auf die Spitze. Aber die wäre dann wohl abgeknickt. So lugt dein gelber Schädel aus dem grünen Gestrüpp im unteren Drittel. Ein bisschen verborgen, aber nicht zu übersehen. Auch die Rippen sind gelb. Wie vierundzwanzig verschieden geformte Mondsicheln hängen sie an farblosen Bändern von den Zweigen, gleichmäßig über den Baum verteilt. Finger- und Zehenknochen sind mit einem dunkel leuchtenden Blau bemalt und baumeln überall von den Zweigspitzen. Wie kleine, nachtblaue Flammen. Die Wirbelsäule war sehr ergiebig. Fast alle Wirbel leuchten violett – bis auf jenen Halswirbel, dem ich damals mit dem Messer eine tiefe Kerbe eingeritzt habe. Blutrot leuchtet der wie ein böser Stern von der Spitze des Baumes. Ich hab lange überlegt, ob ich Grün nehme und mich schließlich dafür entschieden. Dein schmales Becken leuchtet hell wie Gras aus dem dunklen Gestrüpp. Da fällt mir ein, man könnte es auch als Osternest verwenden mit vielen bunten … na gut, nicht jetzt.

Die feinen Knöchelchen der Fuß- und Handwurzeln leuchten weiß wie Schneetupfer auf den Zweigen. Diese Knochen sind so klein und federleicht, dass sie fast wie Flocken auf dem Grün liegen und bei dem kleinsten Luftzug ein wenig zur Seite purzeln. Manchmal fallen sie auf die Dielen. Dann bücke ich mich und hebe deine Knöchelchen ächzend wieder auf.

Die großen Arm- und Beinknochen leuchten orange aus dem Innern des Gestrüpps. Auf den Zweigen liegen sie gut.

Tja, mein Lieber, so sieht es aus, wenn wir zusammen Weihnachten feiern.

Ich möchte jetzt ein bisschen Marzipan und ein Glas Sekt.

Weihnachten ist die Zeit der Besinnung und Erinnerung. Und die Familie rückt zusammen. Na ja …

Vielleicht würdest du dich wundern, wenn du könntest, dass ich dich nicht ein paar Meter tiefer, quasi für immer und ewig, verbuddelt habe und ich nach allem, was gewesen ist, überhaupt noch mit dir rede. Vielleicht würdest du dich auch nicht wundern, weil es dir egal wäre. Darüber wiederum würde ich mich nicht wundern, weil ich genau das von dir kenne.

Ich hatte ja nicht geplant, dich in die ewigen Jagdgründe zu schicken und war auf deine Leiche nicht vorbereitet. Als es dann so weit war, wusste ich nicht, wohin mit dir. Also hab ich dich im Garten vergraben. Ich war mir sicher, dass dich auf nunmehr *meinem* Grund und Boden niemand finden würde. Natürlich haben die Nachbarn nachgefragt. Ich hab ihnen eine Geschichte erzählt von einer jüngeren Frau, mit der du angeblich durchgebrannt bist. Die Story haben sie mir sofort abgenommen. Ich glaube, sie mochten dich nicht.

Es tut gut, es tut wirklich gut, mit dir, oder genauer gesagt: mit deinen Resten das zu tun, was ich will. Du bunt angemalter Knochenhaufen in meinem Weihnachtsbaum!

Wo sollte ich sonst mit dir hin? Ich kenne keinen Ort, an dem ich dich ruhigen Gewissens vergraben kann.

Oh, der Schneefall ist kräftiger geworden. Das Fenster weist auf eine freie Rasenfläche hinaus und dahinter erstreckt sich ein Wald. Von dort kann niemand in das Zimmer hineinsehen und dich in meinem Weihnachtsbaum entdecken. Ansonsten hätte ich die Gardinen längst zugezogen.

Ich glaube, wir werden einschneien. Nur du und ich und das kalte Weiß ringsum. Einsam und abgeschieden. Ich finde es nicht so furchtbar, wie ich es wohl finden sollte. Ganz im Gegenteil. Denn es bedeutet ja auch, dass niemand zu uns kommt und ich nichts erklären muss. Tja, darüber mache ich mir manchmal Gedanken. Aber ich denke, das lasse ich heute bleiben. Feierabend. Es ist Weihnachten. Und wir machen uns ein paar gemütliche Tage: ich mehr, du weniger. Aber das hatten wir ja schon.

Gut siehst du aus. Deine Gebeine leuchten im Dunkeln und der Weihnachtsbaum ist der düstere Ort, der für die nächsten Tage dein Grab sein wird. Besser dort als in so einer alten Schachtel, nicht wahr?

Ich könnte noch ein Glas Sekt vertragen.

Wie das perlt und fruchtig duftet!

Ich glaube, ich bin schon etwas beschwipst.

Oh Gott, was war das? Es hat an der Tür geklingelt. Zweimal Sturm! Um diese Zeit. Nein, ich öffne die Tür nicht. Ich bleib hier ganz einfach sitzen und der da draußen muss begreifen, dass ich nicht da bin. Es geht nicht anders. Du und ich wir feiern Weihnachten. Ich kann hier niemanden reinlassen.

Verdammt, jetzt bullert es sogar gegen die Tür!

Wer brüllt da „Aufmachen!“? Was ist das für ein Ton?

So ein Flegel, kein Benehmen! Ich bin nicht da! Wann begreift der das endlich und verschwindet?

Himmel, was ist das? Da splittert Holz! Wer tritt die Tür ein?

Wer macht so etwas? Ein Einbrecher? Ich werde mich verteidigen, wie damals …

Wo ist ein Messer? Ich muss in die Küche, eins holen!

Nanu, was ist denn das? Zwei Polizisten stehen in der Wohnungsstür. Was wollen die hier? Die haben sich doch in der Tür geirrt, ganz klar!

Oh Gott, ich glaub, ich hätte nicht so viel Sekt trinken sollen. Ich vertrage nicht so viel Alkohol.

Was sagt der da? Der neue Hausbesitzer hat ein menschliches Schlüsselbein in meinem Garten gefunden?

Ja und, was geht das mich an? Ich besitze keinen Garten mehr!

Dürfen die das: Mich einfach zur Seite schieben und die Wohnung gegen meinen Willen betreten?

Die starren meinen Weihnachtsbaum so entsetzt an und sagen einfach nichts.

Ich sollte verduften.

Leichter gedacht, als getan. Mit zwanzig wäre das kein Problem, aber ich bin knapp über sechzig und beschwipst!

Und jetzt drehen die beiden sich zu mir um und halten Pistolen in den Händen.

Diese verdammten Feiglinge!

Was soll ich sein, verhaftet? Die spinnen doch!

Nein, tatsächlich, die Handschellen klicken …

Ich wende mich noch einmal um.

Das Letzte, was ich von dir sehe, ist das Grinsen deines gelben Schädels, das immer breiter zu werden scheint.

Wie aus heiterem Meer

Von See her wehte eine frische Brise herüber. Kabbelig umschmeichelte das glucksende Wasser den Rumpf des Ausflugsdampfers „Seemanns Traum“, der fest vertäut am Ende der Boltenhagener Seebrücke lag. Es ging auf Mitternacht zu. Zwei Fenster im vorderen Bereich des Schiffes waren hell erleuchtet.

Plötzlich betrat eine Gestalt die spärlich beleuchtete Seebrücke und polterte über die hölzernen Bohlen. Am Schiff angekommen, ging der nächtliche Besucher ohne zu zögern an Bord und klopfte. Eine Tür schwenkte auf, messerscharf durchschnitt gelbes Licht die Nacht. Zwei Männer begrüßten sich frostig. Dann wurde die Tür geschlossen. Kurz darauf fiel von innen ein Schatten gegen das Fenster.

Bevor Kapitän Claus Streesenow am Morgen „Seemanns Traum“ ansteuerte, schlürfte er in einem Café am Kurpark einen doppelten Espresso mit extra viel Zucker. Anschließend ging er durch den Kurpark, an blendend weißen Bänken vorbei, passierte einen Platz, an dem ein paar verschlafene Straßenmusiker ihr Equipment aufbauten, erreichte kurz darauf die Seebrücke und ging an Bord des Schiffes. Frauke und Moritz, zwei Saisonkräfte, waren bereits vor ihm da und bereiteten das Catering für die Ausfahrt vor.

Der Kapitän schaute auf die Uhr und erschrak. „Was, so spät schon? In einer halben Stunde kommt die Meute und stürmt den Pott!"

Aber sie schafften alles noch rechtzeitig.

„Ein paar von diesen Langschläfern hätten sich ruhig noch aus den Betten quälen können!", maulte der Kapitän brummig, als abzusehen war, dass die Kapazität des Dampfers nicht annähernd ausgeschöpft war. Aber was sollte es? Für eine Ausfahrt waren ausreichend viele Passagiere an Bord. Und los ging es: auf nach Lübeck!

„Seemanns Traum" legte ab, der Kapitän wendete das Schiff, bis der Bug Richtung Norden zeigte, und dampfte los, aus dem Maschinenraum tief brummend. Im offenen Gewässer angekommen drehte er scharf nach Backbord, schräg in den Wind hinein, der aus nordwestlicher Richtung drückte.

Und jetzt passierte, was an so einem schönen Sommertag niemand auf der Rechnung hatte!

Der Eigner des Schiffes, ein Hallodri aus dem Binnenland, hatte im vorderen Teil des Schiffes eine Kajüte für sich reserviert. Kein anderer kam da hinein. Es war eigentlich immer abgeschlossen. Nur heute nicht! In der abrupten Linkskurve schlug die Tür auf, die seltsamerweise nur angelehnt war.

Das Schiff schaukelte im Gegenwind. Durch die offene Tür rollte ein gut geölter Bürostuhl heraus, schwarz und mit echtem Leder bezogen. Dieser noble Bürostuhl hatte sozusagen einen Passagier an Bord. Ein Mann im schwarzen Anzug lümmelte darin und machte keine Anstalten aufzustehen oder den fahrbaren Untersatz anzuhalten. Der rollte, kaum hatte er die Kajüte verlassen, über das karminrot gestrichene Deck auf die

Reling zu, knallte dagegen und katapultierte den Sesselfurzer ins chromblitzende Gestänge. Der Mann hing jetzt in der Reling, als hätte ihn die Seekrankheit gallegrün gepackt.

Aber da kam nichts.

„Papa, guck mal!", rief ein Junge. „Was ist mit dem Mann los? Ist er betrunken oder schläft er oder beides?"

„Tja, das weiß ich auch nicht", gab der verblüffte Vater zu und näherte sich vorsichtig dieser rätselhaften Erscheinung – doch zu spät.

Durch eine weitere abrupte Schiffsbewegung fiel der Mann zurück ins schwarze Polster. Anschließend setzte sich der Stuhl wieder in Bewegung und raste quer über das Deck.

Die Kinder guckten neugierig, die Frauen waren entsetzt, die Männer ratlos. Und die Crew hatte den blinden Passagier noch gar nicht bemerkt.

Doch nun verhakte sich das rasende Gefährt mit seinen fünf rumpligen Rollen in einer Lage Schiffstau. Der Mann saß nun derart verrutscht und flapsig in dem Stuhl, als würde er sich sonnen. Dafür müsste er sich, streng genommen, seiner Sachen entledigen, aber das tat er nicht.

Tatsächlich konnte der Mann ein wenig Sonne gebrauchen, denn er war blass im Gesicht. Und irgendetwas war mit seinem Anzug. An der Brust schien der Stoff zerfetzt zu sein, und da schimmerte so ein dunkler Fleck. Doch aus der Ferne war nichts Genaues zu erkennen. Während ein zweiter Passagier sich dem Mann näherte, fing „Seemanns Traum" an zu schlingern. Der rollende Stuhl kam frei, sauste wie eine Billardkugel übers Deck, touchierte mal hier eine Ecke, mal da – und nahm wieder Kurs auf die Reling. Dieses Mal erwischte der Stuhl mit dem reglosen Körper eine Lücke im Gestänge und klatschte, wie eingelocht, in die Lübecker Bucht.

Diesen Klatscher bekam Claus Streesenow indirekt mit. Er hatte ihn nicht gehört, auch nicht gesehen. Durch die Scheibe der Kommandobrücke hatte er nur das aufspritzende Wasser bemerkt. Er ging nah an die Scheibe und sah, was los war.

„Mann über Bord!“, rief er in sein Mikrofon. Augenblicklich erschien Moritz mit einem Rettungsring in der Hand an Deck.

„Wo?“, fragte er, keine Silbe zu viel. Jede Sekunde zählte, glaubte er noch.

Die Passagiere zeigten auf einen Punkt im Wasser. „Dort!“

Moritz warf das orangefarbene Rettungsutensil zielgenau einen Meter neben den Mann, der auf dem Rücken trieb und mit den Wellen schaukelte.

Der Sessel war längst versunken.

„He, Sie da, greifen Sie zu!“, forderte der Kapitän den über Bord Gegangenen auf. Doch der Mann rührte sich nicht und trieb schaukelnd im Wasser. Als eine große, weiße Sturmmöwe sich auf ihm niederließ und mit dem spitzen Schnabel an der Brust herumzupfte, erwachten die Ausflügler aus ihrer Schockstarre.

„Der Mann ist ja tot!“, brüllte Streesenow ins Mikrofon, und jetzt hatte er viel zu tun.

Mit Beiboot, langen Stangen und einer Seilwinde wurde der Mann letztlich an Bord gehievt und aufs Deck gelegt.

Streesenow wendete das Schiff und fuhr zur Boltenhagener Seebrücke zurück. Über Funk verständigte er die Polizei.

Während sie zurücktuckerten, kreischte in die Totenstille an Bord ein ohrenbetäubender Schrei.

„Um Gottes willen, hier ist ja noch einer!" Frauke hatte soeben die offene Kajüte des Eigners betreten und darin eine leblose Person entdeckt. Es war dunkel in dem Raum. Sie ging näher an die Person heran, die rückwärts mit dem Kopf nach unten, bizarr vom Sofa gerutscht war.

„Das ist ja Goldnase!", rief sie.

Goldnase war der Spitzname für den Eigner und Chef der Drei-Mann/Frau-Crew.

„Und ein Bürostuhl fehlt auch", wunderte sie sich. Die akrobatische Einlage an Deck hatte sie offenbar gar nicht mitbekommen.

Sie machte hier sauber, wenn der Eigner mal da gewesen war, was selten vorkam. Daher war sie mit dem Inventar vertraut.

Streesenow hatte Moritz das Steuer überlassen und sah selbst nach dem Rechten.

„Was, Goldnase? Was macht der denn hier? Und tot? Und die Leiche an Deck, wer ist das? Was ist hier bloß los?" Der Kapitän war verwundert und bestürzt zugleich.

Zwei Tote in der Tabuzone. Der Kapitän seufzte. Offenbar ermordet, beide mit ein oder mehreren Stichen ins Herz.

Aber wann und warum?

„Frauke, hast du den Toten an Deck schon mal gesehen?", fragte er sie.

Sie schüttelte mit dem Kopf und begutachtete ihn: „Schwarzer Anzug, schwarze Schuhe, helles Hemd, jetzt von Blut durchtränkt, wenn auch etwas blass geworden im Wasser. Schlips, kurzes Haar – sieht aus wie ein Lackaffe. Vertreter oder so etwas, keine Ahnung." Sie zuckte unbestimmt mit der Schulter. Streesenow beugte sich über den Toten, der ausgestreckt auf dem Deck lag, und durchsuchte die nassen, klebrigen Taschen.

In einer fand er eine durchweichte Visitenkarte, die gerade noch so lesbar war. So ein Kärtchen mutete fast schon altmodisch an.

„‚Robert Havebald, Weidebank Lübeck, stellvertretender Bankdirektor', steht drauf. Offenbar ein großes Tier. Was hatte der mit Goldnase zu tun? Und warum sind beide jetzt tot? – Egal, darum soll sich die Polizei kümmern."

Die Trauer des Kapitäns über den abgemurksten Arbeitgeber hielt sich Grenzen. War halt nicht besonders beliebt gewesen, die Goldnase. Kein Wunder bei der knauserigen Bezahlung.

Schon von Weitem entdeckte Streesenow auf der Plattform der Boltenhagener Seebrücke die blauen Polizeiuniformen der Mecklenburger Polizei.

Das ging aber schnell, dachte er.

Auf der Seebrücke und auch am Strand hatten sich Neugierige zu kleinen Trupps zusammengefunden, einige standen mit Fernglas da und versuchten herauszufinden, warum die Polizei mit einem großen, blau blinkenden Aufgebot angerückt war. Einige Schaulustige witterten eine Bombendrohung gegen das Schiff oder etwas ähnlich Spektakuläres, was man nicht verpassen wollte.

Bald darauf legte der Ausflugsdampfer, der unversehens zu einem Totenschiff geworden war, am Ein- und Ausstiegssteg knapp zwei Meter unterhalb der Seebrücke an. Die Unformierten polterten die Treppe hinunter und betraten das Deck. Die Passagiere durften das Schiff nicht verlassen. Sie wurden befragt, die Personalien aufgenommen und die beiden Toten schließlich in Interimssärgen weggetragen.

Die Schiffsbrücke erhob sich eine Etage über dem Deck sowie über Ein- und Ausstiegssteg. Von hier konnte der Kapitän auch die Seebrücke gut überblicken. Dabei entdeckte er auf dem hölzernen Geländereck am Ende der Seebrücke eine Gestalt, die in weites, dunkles Sportzeug gehüllt und deren Kopf unter einer Kapuze verborgen war. Sie wurde von einer Schar schreiender Sturm- und Lachmöwen in eine grau-weiße Wolke gehüllt, so wie man es von Fütterungen her kannte, die eigentlich nirgends gern gesehen waren, weil Vogelschiss wirklich ätzend war.

Aber diese Gestalt fütterte die Möwen nicht. Sie saß reglos auf dem Geländer und hielt sich fest, umgeben von dieser gefiederten Wolke aus aufgeregt flatternden Vogelkörpern und ohrenbetäubenden Lärm. Es sah aus, als würden sie ihr etwas ins Ohr schreien. Die Gestalt ließ sich davon nicht stören. Streesenow betrachtete das eigenartige Schauspiel nur kurz, dann musste er sich wieder anderen Dingen zuwenden. Die Passagiere wollten ihr Geld zurück!

Kurze Zeit später sah er noch einmal hinüber. Die Gestalt war verschwunden. Die Möwen hatten sich auf dem Geländer niedergelassen.

„So 'ne lausige Einnahme heute“, schimpfte Frauke, als sie ausgerechnet hatte, was der Verkauf von Bockwurst und Kuchen, Tee und Kaffee, Cola und Bier in die Kasse geplätschert hatte: fast nichts! Als könnte man von einer Ausfahrt interruptus etwas anderes erwarten!

„Den Bonus können wir heute wohl in den Wind schreiben“, meinte Moritz, als er den Kleckerbetrag vom Display des Taschenrechners ablas.

„Vielleicht nicht nur den heutigen Bonus, wenn der Eigner über die Klippe gesprungen ist“, meinte Frauke düster. „Vielleicht wird der Kahn erstmal stillgelegt. Kann ja sein.“

„Na na, male den Teufel nicht an die Wand“, beschwichtigte Moritz und war überzeugt: „Es gibt bestimmt Alternativen.“

Frauke schaute seinen breiten Ledergürtel an und deutete dort auf eine bestimmte Stelle.

„Da haste deine Alternative: Ein Loch enger schnallen, bitte!“, unkte sie.

„Hahaha“, tat Moritz so, als wäre das ein gelungener Scherz.

Der Kapitän hatte das Gespräch gehört und gesellte sich zu ihnen. Alle Passagiere waren von Bord gegangen.

„Lasst mal, ist ja nicht eure Schuld, dass wir es heute nicht bis Lübeck geschafft haben. Ihr bekommt eure Goldfische – äh, Mäuse, na ja ihr wisst schon – trotzdem.“ Er zeigte sich großzügig.

Zu Frauke gewandt meinte er: „Wir werden sehen, wie es weitergeht. Vielleicht wissen wir morgen mehr.“

Die junge Frau nickte, als wollte sie sagen: Na, mal sehen, was das wird.

„Räumt noch auf. Moritz, die Kajüte von Goldnase schrubbt ihr gemeinsam. Das macht Frauke heute nicht alleine. Die Polizei ist da fertig. Dann könnt ihr gehen. Ich düse auch gleich ab. Morgen aber bitte eine halbe Stunde früher da sein. Der Kommissar will noch einmal mit uns reden“, verabschiedet sich der Kapitän von den beiden.

Die Polizeiwagen und die langen, schwarzen Fahrzeuge der Bestatter, die an der Seebrücke standen, waren längst verschwunden. Bevor Claus Streesenow nach Hause gehen würde, trank er auf einem Freisitz am Kurpark noch ein Bier, schön kalt und prickelnd.

Als er den Freisitz verließ, versuchte er per Smartphone seine Frau zu erreichen. Er wollte ihr mitteilen, dass er früher nach

Hause kam. Bestimmt freute sie sich. Irgendwie war sie heute Morgen seltsam.

Aber sie nahm nicht ab.

Nachdem die beiden Männer nach der frostigen Begrüßung die hell erleuchtete Kajüte von „Seemanns Traum" betreten hatten und ein Schatten auf das helle Fenster fiel, hielt auf der Promenade auf Höhe der Seebrücke eine Frau verwundert ihr Fahrrad an.

„Warum brennt da Licht? Er müsste doch längst zu Hause sein!", flüsterte sie in die Nacht. Sie stellte das Fahrrad auf den Ständer und betrat die spärlich beleuchtete Seebrücke. Fast lautlos, wie ein Katze, schlich sie zum Schiff. Was machte er da? Hatte er ein heimliches Date oder noch zu tun? Mit gemischten Gefühlen huschte sie an Deck und linste durch das Fenster in die erleuchtete Kajüte. Da war Goldnase. Er lümmelte auf dem Sofa. Was machte der denn hier? Aber der andere war nicht ihr Mann. Den Typen kannte sie nicht. Was taten sie hier und vor allem: Was taten sie hier ohne ihren Mann, den Kapitän?

Goldnase hatte schon reichlich Bier intus. Vor ihm standen drei leere Flaschen. Der andere schien nichts zu trinken. Die Männer redeten laut und waren hier draußen gut zu verstehen.

Sie lauschte.

„Also, Herr Wurrmann, wie ist es: Können Sie die Rate von 6250 Euro bis morgen zahlen oder können Sie das nicht?", machte der Fremde unmissverständlich deutlich, was er von Goldnase erwartete.

„Das hier ist Ihre letzte Chance, das wissen Sie doch. Ansonsten …" Er ließ offen, was sonst passierte. Aber offenbar wusste Goldnase Bescheid.

Dieser atmete schwer aus, und nicht nur wegen des Alkohols. Er hatte ein echtes Problem und versuchte sich irgendwie herauszuwinden und das Schiff zu retten.

„Was denn, morgen schon? – Mein Gott, was soll ich machen? Ich habe das Geld nicht. Sie wissen doch …" Er zuckte hilflos mit der Schulter.

„Was ich weiß, Herr Wurrmann, ist, dass Sie für Ihr Leben gern zocken, zu Hause sind in allen Spielcasinos des Nordens. Was Bockwurst und Bier so einbringen, bekommt die Bank – die Spielbank wohlgemerkt – und nicht wir … Herrgott, Sie wissen doch, wie das läuft!"

„In einem Monat habe ich das Geld zusammen. Diese letzte Frist noch", versuchte er den Banker umzustimmen. Doch vergeblich.

„Nein, keine weitere Frist!"

„Dann übernehmt doch den Pott und lasst ihn mit den drei Hansels laufen. Und in ein paar Monaten, Wochen vielleicht, läuft alles wie geschmiert und ihr habt das Geld rein!" So kurz vor dem Abgrund schien ihn seine Crew doch noch zu sorgen.

Der Mann lachte abschätzig. „Pah, was sollen wir mit einem Ausflugsdampfer? Uns reicht der Materialwert."

Und nach einer kleinen Pause: „So, das war es dann!"

Na, so ein Walschiss, dachte die Frau entsetzt, als sie das hörte. Es war wie ein Schlag in die Magengrube. Ihr blieb die Luft weg. Die wollen das Schiff verschrotten lassen! Das kann doch nicht wahr sein! Und was wird dann aus uns? Arbeitsamt? Putzen gehen? – Auf keinen Fall, nicht mit mir!

Sie war entschlossen.

Ohne anzuklopfen stürmte sie in die Kajüte. Die beiden Männer glotzten verdutzt.

„Was machen Sie denn hier?“, fuhr Goldnase sie an. Selbstverständlich kannte er die Frau des Kapitäns.

Sie ging auf ihn zu und verpasste ihm ein paar ordentliche Backpfeifen.

„Na, sagen Sie mal, was ist denn in Sie gefahren?“ Empört und leicht schwankend stand Goldnase auf, um sich zu wehren. Doch er kam nicht dazu. Rita Streesenow war erheblich besser motiviert. Sie schlug und trat weiter auf ihn ein und brüllte dabei, rasend vor Wut: „Du verdammter Kerl, du verfluchter Hund, du abgrundtiefer Zocker! In der Hölle sollst du mit deinem verdammten Kahn schmoren!“

Der andere versuchte, sie zu beschwichtigen, erntete für den netten Versuch ebenfalls ein paar kräftige Backpfeifen. Tumult entstand, die Auseinandersetzung eskalierte. Wut, Zorn und Hass gewannen die Oberhand. Plötzlich hielt Rita Streesenow ein Messer mit langer Klinge in der Hand, das sie zur Selbstverteidigung dabei hatte. Doch jetzt griff sie Goldnase damit an. Sie stach auf ihn ein. Er versuchte zu fliehen, kam aber nicht weit und stürzte von der Sofalehne rücklings auf den Sitz. Noch ein Stich ins Herz und Goldnase war alle seine Sorgen los.

Rita schnaufte, schaute den anderen Kerl an und dachte: Blauwalschiss, das muss ich jetzt tun! Dann stach sie auf den verängstigten Schlipsträger ein. Der einzige Zeuge sank röchelnd, wimmernd und letztlich sterbend auf den Bürostuhl.

Rita knipste erschöpft das Licht aus, lehnte die schwerfällige Tür nur an und verschwand dann geräuschlos über die Seebrücke. Sie erkannte sich selbst nicht wieder und radelte nach Hause.

Ja, dachte Rita Streesenow, während sie auf dem Geländer der Seebrücke saß, die Möwen kreischend um sie herumflatterten und sie ihren Mann zum letzten Mal sah. Sie wusste, dass er sie in diesem Outfit nicht erkannte. Das war's! Da scheißt der Blauwal drauf!

Dann ließ sie sich rückwärts ins Wasser fallen. Ihre Kleidung und den Rucksack auf dem Rücken hatte sie mit Steinen gefüllt. Sie versank sofort und wurde erst Tage später zwischen den Pfählen am Grund des smaragdgrünen Wassers gefunden.

Kalorienbombe

„Schon wieder eine Ablehnung, die sechsundzwanzigste in diesem Jahr. Es ist nicht zu fassen." Rudolf Wimmbengel knüllte den Brief mit der verhassten Nachricht zusammen und bombardierte damit die Zimmerecke, wo sich die negativen Nachrichten sammelten. Er machte sich nicht die Mühe, sie in den Müll zu werfen.

Die wollten ihn nicht, niemand wollte ihn. Ihm war nach Heulen zumute. Oder nach einem großen Windbeutel mit vielen Kummerkalorien. Genau, so was Süßes und Fettiges war jetzt absolut das Richtige. Leckerer Geschmack gegen den Frust. Er brach aus der Tiefkühltruhe, die im Schlafzimmer neben dem Bett stand, eine angefrorene Packung mit zwei großen Windbeuteln heraus. Arschkalt die Dinger, dachte er und stellte sie zum Auftauen in der Küche auf den Tisch.

„Hmmm, erste Sahne!", freute er sich schon. Er kannte das Gebäck in- und auswendig. Das sah man ihm auch an. Hamsterbacken, Schwabbelkinn und ein Leibesumfang, der an eine karierte Tonne mit Hosenträgern erinnerte. Nach sechsundzwanzig Absagen allein in diesem Jahr wohl auch kein Wunder. Das süße Trostpflaster hatte er sich verdient.

Seine Finger wärmte er sich in der Spüle unter lauwarmem fließendem Wasser. Wenn sich die Windbeutel auch in dieser Art auftauen ließen, könnte er viel eher … . Das Wasser lief ihm im Mund zusammen. Aber dann hätte er wohl Matsch auf dem Teller. Bäh!

Er drehte die Heizung auf und stellte die noch immer gefrosteten Windbeutel auf den Metallrost, durch den Wärme aufstieg. Und jetzt hieß es: warten. Half ja nichts.

Endlich war es soweit. Die handliche Kaloriengranate würde gleich mit ihrem zerstörerischen Werk beginnen. Damit es nicht ganz so verheerend würde, hatte sich Rudolf, der Frustdiabetiker, während der Warterei eine Kanüle mit Insulin gespritzt. Und jetzt riss er seinen Rachen ganz weit auf und begann die beiden Windbeutel zu verschlingen. Er mampfte, schlang und würgte das fettige Zeug herunter. Nicht alles passte auf Anhieb in den Mund. Sahne wurde wieder aus dem Mund gequetscht und flatschte auf seinen dicken Bauch. Vor lauter Gier bemerkte er das gar nicht.

Ja, dachte er, das hatte er sich verdient. Wirklich, das konnte man nicht anders sagen. Er war von sich selbst gerührt, eine Träne rollte über seine Wange.

Lange hielt die süße Glückseligkeit, welche der cremige Windbeutel in ihm auslöst, nicht an. Bald war der kurze Kick verschwunden und Nachschub erstmal nicht in Sicht. Dafür fing der Magen an zu knurren wie ein träger Hund, der Ruhe nötig hatte und sich gestört fühlte.

Und bald waren sie wieder in seinem Kopf: die sechsundzwanzig toxischen Bescheide, allein in diesem Jahr.

Wie er das heuchlerische Getue in den Briefen hasste: „Tut uns leid … können leider nicht alle … Sie sind ein guter Mann, aber … keine Kapazitäten, tut uns … und so weiter und so fort."

Er könnte schon wieder einen Windbeutel oder am besten gleich drei verdrücken. Doch er hatte keine mehr vorrätig und außerdem war der unnachahmliche Kick für heute verpufft. Es wäre nur noch fette Creme und Schmatze in seinem Mund, so gut wie ohne Geschmack. Boah. Er kannte das.

Doch dann schöpfte er Hoffnung.

War vielleicht noch irgendetwas anderes da?

Er schaute im Küchenschrank nach. Nein, nichts, jedenfalls nichts Leckeres!

Oder im Küchenschrank Kartoffelchips oder Schokolade?

Er fand Chips und schaffte immerhin noch eine Tüte. Doch bald schmeckte auch dieses Zeug nach fast nichts, diesmal nach Pappe.

Sein Magen schien wenig Lust zu verspüren, den Müll, den er in sich hineingestopft hatte, zu verdauen. Und das hörte sich an, als würde der dicke Hund in seinem Bauch jetzt bellen. Es fehlte nicht mehr viel und der säuerliche Brei würde zu Rudolfs Ohren wieder herausquellen.

Verdammt, was sollte Rudolf bloß tun?

Er hörte erst einmal auf, diesen verdammten Mist in sich hineinzustopfen. Es passte sowieso nichts mehr hinein.

Was trinken vielleicht? Er trank Wasser.

Doch so richtig beruhigt sich der Magen nicht.

Denn die Kaloriengranaten schienen gerade in seinem Magen zu explodieren und die vor Fett strotzenden Splittermoleküle begannen sich langsam in seinem Körper zu verteilen und würden sicher ein nettes Plätzchen zum Verweilen finden.

Rudolf wurde jetzt von Bauchschmerzen geplagt.

Wenigstens dachte er jetzt nicht an die vielen Absagen, die

trotzdem irgendwie auf sein Gemüt drückten. Auch ohne, dass er andauernd daran denken musste.

Kein Trost an diesem ziemlich beschissenen Tag.

Die heutige Ablehnung war eindeutig eine zu viel und hatte das Fass zum Überlaufen gebracht. Er ging an seine kleine Bar, um sich ein paar Kräuterschnäpse zu genehmigen. Mensch, schalt er sich, das ist auch so ein süßes Zeug! Der Alkohol ging ins Blut und fing an, in seinem Kopf langsam erste Runden zu drehen.

Na ja, dachte Rudolf, das geht auch schneller!

Er suchte in seiner Minibar nach Hochprozentigem und fand eine halbe Flasche Wodka. So, die Fett- und Zuckermoleküle konnten sich jetzt auf etwas gefasst machen. Sie würden vom Alkohol massakriert, kurz und klein gehauen und sollten richtig bluten.

Er trank und trank und fing plötzlich an zu heulen.

Selbstmitleidig goss er sich jetzt den sechsten Wodka ein und stürzte das Glas auf ex hinunter.

Na Prost! Weg mit dem Zeug, runter damit. Das brummte und blubberte in seinen Gedärmen. Nichts Schlimmes, fand Rudolf. Das musste sein. So hörte sich ein Kalorienmassaker eben an. Der dicke Hund in seinem Bauch schien verschwunden zu sein oder war gerade abgesoffen.

Rudolf fing an zu schwitzen. Verdammte Hitze, dachte er. Das ist ja nicht zum Aushalten.

Kann die nicht mal jemand abstellen?

Rudolf öffnete die Balkontür und trat hinaus. Es war Nachmittag. Vor etwa einer Stunde war das Fass übergelaufen. Seine Augen waren glasig. Er stolperte und torkelte auf seinen Balkon, fünfte Etage. Hier standen Tisch und Stuhl. Die Balkonkästen waren leer, nur alte Erde klumpte darin vor sich hin.

Er sah hinunter in den Hof.

Wäsche trocknete auf der Leine, Kinder spielten im Sandkasten, schaukelten, wippten oder rutschten.

Unter Rudolfs Balkon standen ein paar Frauen, die sich unterhielten. Er sah ihnen eine Weile auf die Köpfe. Plötzlich sah eine der Frauen kurz zu ihm hinauf. Rudolf erschrak.

Ein lautes Lachen trieb ihn in die Wohnung zurück.

Verdammt, der Wodka war alle. Aber in der Whiskyflasche war noch daumendick was drin. Er leerte die Flasche und schlief ein.

Der letzte Nachtbus fuhr eben am Haus vorbei. Es war halb drei und empfindlich kalt. Wimmbengel schlief noch immer nahe der geöffneten Balkontür und war in einem Albtraum gefangen. Dreizehn hämische grinsende Schlipsträger und dreizehn keifende Damen in Hosenanzügen bombardierten ihn mit zusammengeknüllten Ablehnungsschreiben. In Endlosschleife.

Doch dann hörte er etwas, was nicht zu diesem Traum gehörte.

„Mensch, du Trottel, pass doch auf!“ Was Wimmbengel nicht wusste und auch nie erfahren sollte: Der unterdrückte Fluch eines Mannes galt seinem Kompagnon, der eine mitgebrachte Holzleiter von außen an eine Balkonbrüstung im Parterre des Hauses gestellt hatte und beinahe abgerutscht wäre. Er konnte sie zwar festhalten. Trotzdem polterte es in der nächtlichen Stille ohrenbetäubend. Die beiden erstarrten und verharrten mucksmäuschenstill im Dunkeln.

Aber sie schienen noch einmal Glück gehabt zu haben. Nirgendwo ging ein Licht an oder eine Tür auf.

Rudolfs Balkontür stand bereits offen.

„Welcher Trottel poltert hier herum?“, flüsterte er schlaftrunken.

Rudolf wuchtete sich auf seine wackligen Beine, torkelte auf den Balkon und lehnte sich gefährlich über die Brüstung. Aber Rudolf konnte nichts erkennen. Es war dunkel. Er war viel zu verschlafen und viel zu betrunken, um zu begreifen, warum er auf dem Hof nichts erkennen konnte. Seltsamerweise stellte er nun einen Stuhl an die Brüstung, stieg hinauf und verlor das Gleichgewicht.

Er stürzte lautlos wie ein Meteorit auf die beiden Männer zu, die noch immer wie zwei Häschen in der Grube verharrten.

Es waren zwei polizeilich gesuchte Raubmörder.

Augenblicke später schlug Schwergewicht Rudolf mit seinen gespeicherten Kalorien ein und machte die Verbrecher platt wie Flundern. Na ja, fast – der eine war tot und der andere überlebte den Einschlag schwer verletzt und würde den Rest seines Lebens im Gefängnis und im Rollstuhl verbringen.

Auch Kalorienbomber Rudolf starb.

Der Aufprall hatte ihm das Genick gebrochen.

Rudolf Wimmbengel galt von nun an als Held. Immerhin rettete er der jungen Familie im Erdgeschoss mutmaßlich das Leben. Dass er von alledem nicht gewusst hatte, tat nichts zur Sache.

Eine bis dahin unbekannte Fast-Food-Kette ehrte ihn mit einem Donut voller Schlagsahne und konnte ihre Marktanteile sprunghaft steigern. Der „Kamikaze-Rudolf-Donut“ wurde der Renner und Rudolf ein Vorbild.

Sein Grab auf dem Friedhof glich einem Denkmal. Es standen immer frische Blumen darauf. Ein Scherzkeks stellte immer wieder leckere Windbeutel daneben, die mysteriöserweise ebenso schnell wieder verschwanden.

The Fog – Zwischenfall mit Nebel

Der Abend hatte sich für Richard Sievert gelohnt. Das Kurhaus war ausverkauft, das Interesse an seiner Gitarrenmusik groß gewesen. Die neuste CD mit Eigenkompositionen ging nach dem Konzert weg wie warme Semmeln. Nebenbei ergaben sich ein paar kleinere Gespräche, Smalltalk mit dem Publikum. Es verwundert ihn immer wieder, was die Leute noch so alles wissen wollten: Warum er Musik machte, wie lange schon? Ob er auch Unterricht gab? Warum ausgerechnet Gitarre oder auch andere Instrumente? Ob immer allein und so weiter. Währenddessen wurde es spät. Gegen 23.30 Uhr räumte er das Equipment – Instrumente, Notenständer, Verstärkerboxen, Notenbücher, die restlichen CDs und Kleinkram – in seinen Kleinbus und stieg ein. Er startete den Motor, schaltete das Licht an und fuhr zügig los. Er machte das Autoradio an. Ruhige Musik kam aus dem Lautsprecher, mit kurzen Unterbrechungen für die Zeitansage. Sein Blick heftete sich in dem langgestreckten Lichtkegel vor ihm auf den Asphalt. Zu beiden Seiten schälte das Streulicht kurzzeitig Gestrüpp und Bäume aus der Dunkelheit. In einiger Entfernung trottete ein Fuchs über die Fahrbahn, ein Reh zupfte Gras am Straßenrand. Niemand ließ sich stören.

Sein Hals war trocken, er hustete. Auf dem Beifahrersitz stand eine Tasche mit seinem Handgepäck. Während er nach vorn auf die Straße sah und das Fahrzeug mit der linken

Hand lenkte, tastete er mit seiner rechten nach der Tasche. Sicher, er hätte auch anhalten können. Doch er wollte keine Zeit mehr verlieren, es war spät und er wollte nach Hause. Außerdem hatte er seit mehr als dreißig Jahren on tour Übung darin, den Reißverschluss seiner Umhängetasche während der Fahrt zu ertasten und aufzuziehen. Nach wenigen Augenblicken hatte er es geschafft. Zwischen Terminkalender, Brotbüchse, Lektüre für zwischendurch und anderen Dingen musste irgendwo eine Flasche Wasser sein. Seine Hand suchte, bekam die Plastikflasche zu fassen und zog sie heraus. Mit dem Daumen schnipste er den Deckel auf, führte die halb volle Flasche an den Mund und begann zu trinken. Er blickte dabei immer auf die Straße, die sich in leichten Kurven durch einen Wald schlängelte. Nach ein paar kräftigen Zügen war nichts mehr drin.

Die leere Flasche blieb erst einmal in seiner Hand. Wohin mit dem Abfall?

Er konnte es nicht leiden, wenn im Auto Dinge herumlagen, leere Flaschen schon gar nicht. Die polterten in den Kurven, beim Bremsen und Anfahren irritierend.

Ordnung muss sein, dachte er sich, und öffnete das vordere rechte Fenster per Knopfdruck. Die Scheibe glitt vollständig herunter, kalte angenehme Nachtluft strömte in das Wageninnere. Sie erfrischte ihn.

Er holte Schwung und warf die leere Flasche gegen den Fahrtwind aus dem Fenster. Als er kurz herübersah, um sicherzugehen, dass die Flasche tatsächlich auf dem Weg nach draußen war und der Fahrtwind sie nicht wieder hereindrückte, zurückgab, nahm er im rechten Augenwinkel etwas Weißes wahr. Irgendwas leicht Angeknautschtes lag vor der Tasche auf dem Beifahrersitz. Musste wohl beim Wühlen aus der Tasche gefallen sein.

Wenn ich schon dabei bin ..., dachte er beschwingt.

Während er durch die Frontscheibe sah, ertastete er das Stück Papier, knüllte es fest zusammen und warf es achtlos aus dem Wagen. Was weg war, war weg und störte nicht mehr.

Jedenfalls nicht für den Moment.

Doch so richtig stimmte das nicht. Denn jetzt, wo es weg war, tauchte die Frage auf, die er vorher hätte klären sollen. Was hatte er da eigentlich weggeworfen?

Stimmt, er hätte natürlich vorher nachsehen sollen! Jeder andere hätte es wahrscheinlich getan. Aber er tat es eben nicht, er war – zu blöd – mit Autofahren beschäftigt gewesen.

Was sollte man sonst dazu sagen: Aus den Augen, in den Sinn?

Was man nicht mehr hatte, vermisste man?

War das wirklich nur ein altes Taschentuch oder ein belangloses Stück Papier gewesen, das seit geraumer Zeit in seiner Tasche zerknitterte? Er konnte es nicht mit Bestimmtheit sagen. Vielleicht hatte ja etwas Wichtiges draufgestanden. Eine Telefonnummer, Adresse? Das Papier war ziemlich dick, hatte fast ein bisschen Volumen. Vielleicht war ja was drin gewesen. Geld? Das Honorar für den Abend hatte er jedenfalls in bar in einem Umschlag erhalten. – Verdammt, das konnte doch nicht wahr sein! Er fluchte und ließ das Auto langsamer fahren. Er musste unbedingt wissen, was er nach der Flasche noch aus dem Fenster geworfen hatte.

Er stoppte den Wagen und sah nach. Es dauerte eine Weile, bis er einen Briefumschlag aus seiner Tasche gewühlt hatte. Geld war nicht drin.

Verdammt, wo hatte er es gelassen? Gleich ins Portmonee getan? Doch aus dem Fenster …?

Er wühlte sein Portmonee aus einem separaten Fach in seiner Tasche und sah nach. Da war das Geld: fünf grüne Scheine. Wenigstens hatte er nicht sein sauer verdientes Geld zum Fenster hinausgeworfen. Er atmete kurz auf. Aber was war es dann? Was hatte er achtlos weggeworfen? Er dachte nach. Dann beschlich ihn eine düstere Ahnung, die seinen Puls beschleunigte. Es gab Veranstalter, die an ihre Wunschmusiker keine Mails schickten, nicht einmal das Telefon bemühten. Sie schickten wie vor hundert Jahren Briefe: duftendes Büttenpapier, teurer Druck, geschliffene Sprache. Diese Briefe hatten es in sich: Sie versprachen einen exklusiven Rahmen und exklusives Honorar. Da roch alles nach Luxus, Geld schien keine Rolle zu spielen. Solche Angebote wünscht sich jeder Künstler mindestens einmal pro Woche.

Nicht regelmäßig, aber manchmal eben doch, landete so etwas auch in seinem Briefkasten, wie beispielsweise … heute Vormittag. O mein Gott! Hatte er etwa dieses vielversprechende Angebot, das heute Morgen mit der Post gekommen war, aus dem Fenster geworfen? Er hatte den Brief mit ins Auto genommen, kurz überflogen, vor lauter Freude „yess“ gebrüllt und dann hastig zusammengefaltet in seine Umhängetasche … Er wollte sich morgen darum kümmern.

Wenn man nicht gerade Till Lindemann hieß oder bei Faun spielte, war es nicht eben einfach, sich als Musiker durchs freie Arbeitsleben zu schlagen. Dieser Brief barg Hoffnung und nahe Zukunft – seine Zukunft! Von dem Honorar konnte er locker ein halbes Jahr unbeschwert arbeiten und große Werke schaffen.

Er schüttete den Inhalt seiner Tasche auf dem Beifahrersitz aus und durchwühlte den Krempel. Der Brief war nicht dabei. Er seufzte. Nun musste er wohl davon ausgehen, dass genau diese Aussicht auf einen dicken Scheck im Wald gelandet war.

Er wendete, öffnete das Fenster auf der Fahrerseite und fuhr langsam die Strecke zurück. Dabei hielt er auf der gegenüberliegenden Straßenseite Ausschau nach der Plastikflasche und dem weißen Papier. Beides müsste am Straßenrand liegen.

Aber auch im Scheinwerferlicht gab es noch immer zu viele Schatten und er konnte kaum etwas erkennen.

Schließlich stellte er das Auto ab und stieg aus. Den Motor ließ er laufen, das Licht blieb natürlich an. Auch das Radio blieb angeschaltet. Er würde nicht lange brauchen, glaubte er. Es musste ja hier irgendwo sein. Er hörte die Musik durch das geöffnete Fenster, während er die andere Straßenseite absuchte. Das Scheinwerferlicht glitt knapp über das Gras hinweg. Was darin lag, blieb ihm verborgen.

Im Radio tat sich jetzt etwas.

Mit einer kurzen Ansage beendete die Moderatorin die Musiksendung. Mit dem letzten Ton des Zeitzeichens begannen die Null-Uhr-Nachrichten. Für den Bruchteil einer Sekunde oder vielleicht auch ein bisschen länger war absolute Stille ringsum.

Es war Mitternacht.

Richard hatte kurz innegehalten und suchte nun weiter.

Endlich entdeckte er seine Umweltsünde. Und das nur aus einem einzigen Grund! Die Flasche lag etwas abseits im Gras und fluoreszierte in einem geisterhaften Blau aus dem Dunkeln. Ansonsten hätte er sie wahrscheinlich gar nicht entdeckt. Ziemlich seltsam. Plastikflaschen, die im Dunkeln leuchteten? Davon hatte er noch nie etwas gehört. Wozu sollte das gut sein? Und warum hatte er sie nicht längst entdeckt? Nur das, weswegen er zurückgekehrt war, konnte er nirgends entdecken. Aber er hatte einen Anhaltspunkt. Das war schon mal was. Hatte er das geknüllte Papier mit größerem Schwung aus dem Fenster geworfen als die Flasche? Ist es weiter geflogen, vielleicht über den Seitenstreifen hinaus ins Gestrüpp oder sogar in den Wald? Oder lag es hier irgendwo? Er musste es finden und ging los.

Ob auch der Brief im Dunkeln leuchtete? Möglich, bisher hatte er ihn jedenfalls nicht entdeckt.

Aber, Stopp mal! Den Brief hatte er viel später als die Flasche aus dem Fenster geworfen! Wie weit war Richard in der Zwischenzeit gefahren? Zwanzig Meter oder fünfzig? Nein, mindestens hundert, dachte er. Er war schnell gefahren. Die leuchtende Flasche im Gras interessierte ihn nicht weiter. Er stieg wieder ins Auto, wendete es erneut und fuhr an. Schrittgeschwindigkeit. Ein Teil des Lichtkegels durchleuchtete rechtsseitig das Gestrüpp und spürte Äste, einen abgebrochenen Begrenzungspfeiler und weggeworfene Kaffeebecher auf. Das weiß Geknüllte – seine Zukunft, wie er den Brief etwas pathetisch nannte – war nicht dabei. Nach knapp hundert Metern steuerte er den Wagen auf den Seitenstreifen. Weit und breit keine Spur vom Briefumschlag. Er musste wohl oder übel ein Stück ins Gestrüpp hineingehen. Aber so ohne Licht fand er das sinnlos. Er dachte nach. Ihm fiel spontan die kleine Taschenlampe im Handschuhfach ein, so was Winziges für den Schlüsselbund. Hatte er mal geschenkt bekommen. Besser als gar nichts, fand er.

Plötzlich fragte er sich, was er hier eigentlich tat? Er könnte doch einfach da anrufen und fragen … Mist, das konnte er eben nicht. Er war in Zeitnot gewesen und hatte den Brief nur überflogen. Ihn hatte auf die Schnelle nur das Anliegen interessiert. Vom Honorar fühlte er sich wie elektrisiert. An den Absender konnte er sich nicht erinnern. Das war blöd, aber nicht zu ändern.

Der Radiosprecher hatte die Nachrichten beendet und war beim Wetter angekommen. Kein Wind, sternenklarer Himmel, Temperaturen um die 15 Grad Celsius. Zumindest von dieser Seite her sollte es für Richard eine ruhige Nacht werden. Nach den Verkehrsnachrichten ging es mit angenehmer Tanzmusik weiter.

Er schaltete die Taschenlampe ein und ging los. Der dünne Lichtstrahl tanzte nervös hin und her. Ein zu Matsch gefahrener Igel lag im Gestrüpp, Abfall quoll aus einer aufgerissenen Fast-Food-Tüte daneben. Keine Fliegen am Kadaver. Schliefen die?

Hatte ein Tier den Brief weggeschleppt und baute damit seine Höhle aus oder sein Nest?

Das glaubte er nicht. Diese Variante konnte man wohl abhaken. Zu unwahrscheinlich, befand Richard.

Er ging weiter und suchte mit der Taschenlampe den Seitenstreifen ab. Der achtlos weggeworfene Brief schien spurlos verschwunden zu sein. Es war wie verhext. Richard ging weiter, parallel zur Straße, zwanzig oder dreißig Meter in beide Richtungen. Erst in die eine, dann in die andere. Er leuchtete den Boden ab und ins Gestrüpp hinein. Aber nirgends entdeckte er eine Spur vom Brief. Das Areal, in dem er sich befinden müsste, hatte Richard gründlich, aber ergebnislos abgesucht. Da war nichts. Ziemlich seltsam das Ganze. Wo war der Brief geblieben? Schließlich sah er ein, dass eine weitere Suche nahe der

Straße nichts bringen würde. Er würde den Suchradius ausdehnen.

Aus seinem Auto wehte ruhige Musik zu ihm herüber. Es war ein paar Minuten nach Mitternacht. Plötzlich verstummte die Musik und die sympathische Radiomoderatorin grüßte alle Nachtschwärmer. Sie nannte ihren Namen und den Sender und dann war die Musik wieder da.

Richard schob das Gestrüpp mit beiden Händen seufzend zur Seite und betrat den Wald.

Ein erfrischender Duftmix aus Pilzen, feuchter Erde und Holz schlug ihm entgegen. Das Laub unter seinen Füßen raschelte leicht und sein Herz pochte vor Aufregung. Bevor er einen Schritt in den Wald tat, beleuchtete er den Weg voraus und um sich herum. Aber nichts, da war überhaupt kein Papier, von seinem Brief ganz zu schweigen.

Plötzlich bewegte sich etwas geräuschlos zwischen den Bäumen. So ein lautloses Grollen in tiefster Schwärze. Er konnte nicht erkennen, was das war und wo es herkam. Das Seltsame daran war, dass sich überall im Wald etwas zu tun schien. Die Taschenlampe war für diese Entfernung ein Witz. Er starrte ins Dunkle und dann erkannte er vage, was sich zwischen den Bäumen bewegte: Nebel waberte in Fetzen durch den Wald und sammelte sich zwischen den Stämmen.

Ach so, dachte Richard. Nebel, na ja. Wenn es weiter nichts war. Er brauchte den Brief und ging in den Wald hinein, auf den Nebel zu. Nur ein paar Schwaden hatten ihn bisher erreicht und schienen sachte nach ihm zu greifen. Nachdem er ein Stück gegangen war, hörte er aus dem Nebel plötzlich ein Geräusch. Ein Schaben und Knirschen, ziemlich laut. Als würde ein Spaten kraftvoll in die Erde gerammt, immer wieder.

Ein Spaten? Wer grub um diese Zeit im nebligen Wald herum?

Musste Richard sich auch deswegen Sorgen machen?

Er verdeckte die Taschenlampe mit der Hand, so dass das Licht von außen nicht sichtbar war. Es reichte aber, um die nahe Umgebung abzuleuchten. So erkannte er, wo er hintrat und stolperte nicht. Vorsichtig ging er in die Richtung, aus der das Geräusch kam, und tauchte dabei in den Nebel ein. Das Knirschen schien etwas lauter zu werden und es hallte wie von Wänden wider. Offenbar war er auf dem richtigen Weg. Und dann, plötzlich, als er hinter einem dicken Baumstamm hervorkam, entdeckte er im sich lichtenden Dunst zwei blassgelb leuchtende Laternen, die eine dunkle Gestalt mit beiden Händen hoch hielt. Richard staunte: Was hatte das zu bedeuten?

Vor allem: Wo kam diese Gestalt her?

Richard erkannte in den mondgelben Lichtkegeln, die aussahen, als würden sie von einem Fahrzeug stammen, das vom Himmel gestürzt und etwa zwei Meter über dem Waldboden gestoppt worden war, eine zweite Gestalt: Diese stieß den Spaten in die Erde und erzeugte das knirschende Geräusch.

Was war hier los? Was taten die beiden Gestalten? Gruben die etwas aus oder wollten sie etwas verschwinden lassen – bei Nacht und Nebel im Wald? Eine Leiche vielleicht oder Teile davon?

Richard wollte das gar so genau nicht wissen. Die Situation war mehr als verdächtig. Kurzzeitig dachte er sogar daran, die Polizei zu rufen. Das unterließ er aber. Zu großes Aufsehen. Sollten die beiden machen, was sie wollten. Ihm war das egal, solange sie ihn in Ruhe ließen. Mit ihm und dem wichtigen Brief, den er auf Grund seiner Achtlosigkeit mitten in der Nacht und im Wald fieberhaft suchen musste, konnten die beiden Gestalten kaum etwas zu tun haben.

„Musst dich nicht verstecken, komm her!“, rief die Gestalt, welche die beiden gelb leuchtenden Lampen hielt. Es hörte sich seltsam an, wie die Gestalt sprach. So tief und dunkel, wie aus einem Abgrund.

Und überhaupt: Mit wem sprach sie? Gab es noch einen dritten Kompagnon?

Richard duckte sich wieder hinter den Baum und versuchte trotzdem etwas zu erkennen.

„Ja, dich meine ich. Du da, hinter dem Baum. Verstecken bringt nichts. Los, komm vor!“, rief die Gestalt in derselben Tonlage, nur deutlich schärfer. Sie leuchtete mit einer Lampe in Richards Richtung. Der fühlte sich ertappt und kam hervor.

„Na, da ist er ja. Musst dich nicht verstecken – Rrrichard!“, sagte die Gestalt und rollte das R wie ein krächzender Rabe. „Wir haben hier was für dich. Hier ist deine – Zuuuukunft …“ Er sagte es gedehnt, schrill und gespenstisch.

Die Gestalt hatte eine der beiden Lampen abgesetzt und winkte jetzt mit einem Brief in der Hand, als wäre er ein Taschentuch und das hier ein Abschied. Der Brief leuchtete geisterhaft Blau wie seine Flasche im Gras geleuchtet hatte. Für Richard sah es aus, als würden Schatten durch das Blau flitzen.

Richard fiel aus allen Wolken. War das sein Brief? Wie kamen sie an den und warum fluoreszierte der? Himmelherrgott, was war hier los?

„Jepp, deiner“, sagte eine der Gestalten lakonisch, als könne sie Gedanken hören.

„Falls du nicht möchtest, dass wir deine Zuuuukunft hier an Ort und Stelle vernichten, wahrscheinlich verbrennen, und die Asche vergraben, dann rate ich dir, herzukommen“, meinte die andere.

Das hatte er ohnehin vor. Schließlich wollte er den Brief wiederhaben.

Aber irgendetwas stimmte nicht.

Schon als diese dunkle Gestalt seinen Namen nannte, wurde Richard flau im Magen. Woher zum Kuckuck kannte sie den? Hatte sie seinen Brief gelesen?

Und warum graben die nach Mitternacht ein Loch im Wald?

Als hätte die Gestalt seine Gedanken schon wieder gehört, sagte sie: „Ja, wann denn sonst?“

Richard verstand die Antwort nicht. Das alles ergab für ihn keinen Sinn. Scheuten sie etwa das Tageslicht? Waren sie tatsächlich Verbrecher oder was sollte das bedeuten?

Er stieß sich vom Baum ab, an den er sich kurz gelehnt hatte. Zögernd näherte er sich den seltsamen Gestalten. Offenbar hatten sie das, was er suchte, gefunden. Wie auch immer sie das angestellt hatten, es war Richard nicht geheuer.

Er ging weiter und blieb ein paar Schritte vor ihnen stehen.

Ihre Häupter waren in Kapuzen gehüllt. Da wo die Gesichter sein sollten, war nur Schwärze.

Wie kamen sie also zu dem Brief? Was hatten sie vor – mit dem Brief, mit ihm, hier in der nebligen Nacht?

Die beiden sahen nicht so aus, als würden sie durch den Wald streifen und irgendwelches Zeug einsammeln.

„Falls das tatsächlich mein Brief sein sollte, hätte ich den gern wieder“, forderte der Musiker nun. Er war noch skeptisch.

„Ja ja, Rrrichard, es ist immer dasselbe mit dir", seufzte die Gestalt unbeirrt. Sie hielt mittlerweile wieder beide Lampen hoch und leuchtete ihn an. Wie zwei kleine Monde im nebligen Dunst. Den Brief hatte sie in eine Tasche gesteckt.

„Kaum hat dich aus dem Wirrwarr des Lebens das Glück gefunden und will dir eine Zeit lang unter die Arme greifen, wirfst du es achtlos, als wäre es nur ein Stück Papier, ohne weiteren Wert, einfach wieder weg. Als hättest du nichts begriffen. Als wüsstest du nicht, worum es geht."

Für Richard hörte sich alles ziemlich nebulös an. Häh … begriffen, worum es geht? Was meinte der?

Die zweite Gestalt unterbrach jetzt ihre Arbeit und meldete sich zu Wort: „Wir denken ja, du willst diesen kleinen Hauptgewinn, den dir das Leben beschert hat, gar nicht haben. So, wie du ihn achtlos weggeworfen hast. Dann verdienst du ihn auch nicht. Deswegen sind wir hier. Wir schaufeln dir schon mal dein Grab. Was willst du sonst, wenn nicht sang- und klanglos in der Wildnis verschwinden? Für immer und ewig. Wir helfen dir gern. Ist doch klar."

So ein Quatsch, dachte Richard mit einem mulmigen Gefühl im Bauch. Was redete der? Woher hatten die diesen Blödsinn? Und noch immer wusste er nicht, was er davon zu halten hatte. Doch es hörte sich wie eine Drohung an.

Aber er brauchte dieser Brief … und an eine tatsächliche Gefahr wollte er nicht wirklich glauben.

Als wären ihr seine Gedanken erneut nicht entgangen, sagte die zweite Gestalt: „Du glaubst uns nicht? Du meinst, wir würden dir kein Haar krümmen? Was denkst du dir? Ich buddle hier doch nicht umsonst. Was ich anfange, bringe ich zu Ende. Egal, was es ist. Ich hab meine Zeit nicht gestohlen."

Mit nur wenigen Spatenstichen, so schien es, hatte er eine tiefe Grube ausgehoben und hier oben einen Berg Erde angehäuft ... und das in unglaublich kurzer Zeit.

Beunruhigend war vor allem eins: Die Grube war eindeutig zu groß und viel zu tief, um darin nur die Asche eines Briefes verschwinden zu lassen.

„Na na, nicht so stürmisch", schien die stehende Gestalt die grabende beschwichtigen zu wollen. „Geben wir ihm noch eine Chance!"

Wie gnädig, dachte Richard sarkastisch. Doch mit den Worten des Gräbers, hatte die Furcht ihre Klauen um Richards Herz gelegt und drückte es sanft. Früher begann er in solchen Momenten zu singen, später zu musizieren, um sein Herz wieder zu lösen.

Doch er würde hier garantiert nicht anfangen zu singen und sein Instrument würde er auch nicht aus dem Wagen holen! Soweit käme es noch!

Nein, holen würde er jetzt nichts.

Aber gehen würde er – und nicht wiederkommen. Für einen Augenblick hatte Richard den Brief und seine immense Bedeutung für ihn in den Hintergrund gedrängt.

„Winke, winke", unterbrach die grabende Gestalt ihre Arbeit und höhnte: „Aber komm wieder, mein Junge."

Es war zum Mäusemelken.

Richard ging tatsächlich.

Doch die beiden Gestalten blieben gelassen, als er sich umdrehte und zwischen den Bäumen im Nebel verschwand. Es dauerte nicht lange, da wusste er auch, warum. Egal, wohin er sich wandte, es war immer dasselbe: Er tastete sich durch mehr oder weniger dichten Nebel an Bäumen entlang, um Gestrüpp herum. Doch letztlich landete er stets vor der Grube, in der es so schwarz war wie in den Kapuzen der beiden Gestalten. Es war wie verhext.

Er fühlte sich in die Enge getrieben. Es schien, als würde alles, was er hier tat, in dieser verdammten Grube münden, die sie eigens gegraben hatten. Die Furcht drückte sein Herz fester und ließ es nicht mehr los.

Weglaufen brachte nichts, ebenso wenig wie singen oder musizieren. Half hier Mut?

Aber war es möglich, sich mit den beiden Gestalten anzulegen? Und wie sollte das geschehen?

„Wenn du dafür nicht viel zu nett wärst, hättest du das längst getan." Das war wieder der Gräber.

Das Wort „nett" sprach er aus, als hätte er den Geruch von stinkendem Fisch in der Nase. Es gab für ihn offensichtlich nichts Widerlicheres als „nett" zu sein.

Die andere Gestalt hängte die Lichtquellen ein Stück abseits an einen Baum. Sie holte aus seinem Umhang den leicht geknitterten, noch immer bläulich leuchtenden Brief wieder heraus und strich ihn glatt.

Richard sah interessiert herüber. Wollte die Gestalt ihn provozieren? Vorn, in der Ecke, war der Absender zu erkennen. Ein Stempeldruck – farbig, wie er sich flüchtig erinnerte. Zu erkennen war das jetzt nicht. Wenn er davon nur eine Zeile entziffern könnte, würde ihm das vielleicht weiterhelfen.

Die Gestalt hob den Kopf und Richard fröstelte. Etwas Finsteres starrte ihn intensiv und lange an. Dann senkte sie den Kopf und strich mit dem Daumen, als wäre er ein Radiergummi, über den Stempel, um ihn zu einem unleserlichen Fleck zu verwischen.

Ziemlich fies, fand Richard.

Wollten sie überhaupt, dass er seinen Hauptgewinn, wie sie es nannten, einlöste oder wollten sie das nicht. Oder war ihnen das völlig egal und sie hatten etwas ganz anderes im Sinn?

Was Richard wollte, war klar: seinen Brief wiederhaben. Deswegen war er hier.

Einem plötzlichen Impuls folgend, stürmte er auf die Gestalt zu und versuchte, ihr den Brief zu entreißen. Es war schließlich seiner.

Doch das war ein Fehler. Die Gestalt wehrte sich nicht. Sie stand einfach da, die Hand, nach vorn gestreckt, war leer als er ankam und der Brief verschwunden. Verwirrt sah Richard sich um und entdeckte ihn in der rechten Hand der anderen Kapuzengestalt.

„Hier, hole ihn dir!"

Sie hielten ihn zum Narren.

Richard fühlte sich hilflos. Panik erfasste ihn. Seine Achtlosigkeit konnte er nicht ungeschehen machen. Ob er sie wiedergutmachen konnte, war nicht sicher. Aber er brauchte den Brief, unbedingt! Er würde nicht zulassen, dass diese beiden Gestalten, die sich seine Zukunft gekrallt hatten, sie auch behalten durften. Und vor allem: Was wollten sie mit seinem Brief anfangen? Oder wollten sie ihm nur schaden, nichts weiter?

Das und noch viel mehr ging ihm durch den Kopf, als er zum Sprung auf die zweite Gestalt ansetzte, um den Brief wieder an sich zu nehmen. Doch als er bei ihr ankam, war sie verschwunden und Richard auf dem Weg in die Grube. Er fiel tief und landete sanft. Es war dunkel um ihn herum. Die Erde, die jetzt von oben auf ihn niederprasselte und ihn zudeckte, fühlte sich nicht unangenehm an. Seltsamerweise träumte er sogar ein bisschen. Doch als er endlich begriff, was geschehen war, war es fast zu spät. Statt Luft sog er mit jedem Atemzug Erdkrümel in die Lunge. Die Luft wurde knapp. Eine Zeit lang würgte und hustete er und versuchte der schweren Erdumklammerung zu entkommen. Sein Widerstand wurde matter, doch er erlosch nicht ganz. Da war noch immer so ein Lebensfunke in ihm, selbst hier in dieser Grube, die sie ihm zur Geisterstunde gegraben hatten. Plötzlich dachte er nicht an den Brief, sondern an seine Musik, an seine Instrumente und das ganze Drumherum, das sein Leben ausmachte. Und der Funke sprang auf all das über, was er brauchte, um der Grube im Wald zu entkommen: seinen Geist, seinen Willen, seine Muskeln und Gelenke. Er machte sich panisch auf den Weg und bahnte sich mühsam einen Weg an die Oberfläche, die er wie ein vor dem Ertrinken Geretteter durchstieß.

Sobald genügend Luft zum Atmen da war, durchströmte ihn eine tiefe Gelassenheit. Er entstieg der Erde und fühlte sich wie neu geboren.

Der Nebel war verschwunden, ebenso die gesichtslosen Gestalten mit ihren Laternen.

Aber da lag etwas, nicht weit von ihm entfernt, halb mir Erde bedeckt.

Sein Brief! Und wieder weiß. Das geisterhafte Leuchten war verschwunden.

Er hob ihn auf, schüttelte die Erde vom Papier und war erstaunt. Der Absender war nicht verwischt, sondern klar und deutlich zu lesen.

Bevor er zur Straße zurückging, drehte er sich noch einmal um. Das Loch in der Erde, aus dem er gestiegen war, schien mit dem Nebel und den beiden Gestalten nicht nur verschwunden zu sein. Es war mit Gras überwuchert, als wäre es gar nicht da gewesen. Als hätte es nie existiert, als wäre Richard nicht begraben gewesen.

Er beschloss, diesen Widerspruch in seinem Kopf ruhen zu lassen, aus seinem Bewusstsein zu verbannen.

Den Brief hatte er in die Hosentasche gestopft. Da war er sicher.

Wenig später waren aus dem Autoradio die Ein-Uhr-Nachrichten zu hören. Als die Moderatorin den Wetterbericht beendet hatte, startete Richard sein Fahrzeug. Mit quietschenden Reifen raste er davon.

Das Phänomen des mondfarbenen Messers

Kaminski hatte sich fünf neue Bücher gekauft. Geschichten, Romane, Tatsachen mit ungelösten Mordfällen.

Zu Hause hatte er sie, bis auf eines, ins Regal gestellt, das eine etwa zwölf Meter lange Wand, vom Fußboden bis zur Decke, ausfüllte. Von der Bücher- bis zur Fensterwand waren es ein paar Meter, acht oder neun. Am Fenster befanden sich eine Leseecke, bestehend aus gemütlichem Lehnsessel, kleinem Tisch und Stehlampe, die er nicht anknipsen musste. Es war auch so hell genug.

Das Buch hatte er auf den kleinen Tisch gelegt. Er stellte noch ein Getränk daneben. Dann machte er es sich gemütlich. Erst versank er in dem Sessel, dann in dem Buch. Und er machte keine Anstalten, so schnell wieder aufzutauchen. Seite um Seite ging es tiefer in menschliche Abgründe und mysteriöse Geschehnisse hinab. Das Papier knisterte vor Spannung und namenlosem Grauen. Er hatte sich auf die Spur von spektakulären, echten Mordfällen begeben. Verbrecher ohne Gesicht, das personifizierte Böse und Legenden, die sich um diese Personen rankten. Niemand hatte ihre Identitäten jemals klären können. Verbrecher, die wie eine unerforschte Raubtierart, in den finstersten Stunden des Tages zuschlugen. Als wären sie der Hölle entstiegen und nach verbrachter Untat wieder von der Erde verschwunden.

Kaminski hatte viele Seiten gelesen. Er machte eine Pause,

trank einen Schluck. Anschließend lehnte er den Kopf gegen die Sessellehne und starrte aus dem Fenster, in den wolkenlosen Himmel …

Dabei muss er wohl eingeschlafen sein und träumte, angeregt von der mysteriösen Lektüre, seltsame Dinge: im Licht der Laternen blitzten Messerklingen auf oder Blut tropfte von ihnen, Schreie aus dunklen Straßenecken hallten durch die Nacht. Polizeipfiffe gellten im Nebel, das Raunen und Entsetzen der Menge war greifbar und so etwas wie ein Schatten schlich lautlos an Mauern entlang und verschwand irgendwo im Dunkel der Nacht. Dieser Traum war eindeutig nicht das Richtige für ihn. Als er aufwachte, raste sein Herz wie wild.

Es dauerte eine Weile, bis er sich orientieren konnte.

Draußen war es dunkel geworden.

Er sah auf das leuchtende Ziffernblatt am Handgelenk und erschrak. Was – schon Mitternacht? Geisterstunde!

Irgendetwas stimmt hier nicht, dachte er und sah sich um.

Es müsste ringsum stockdunkel sein, die Lampe neben ihm war aus. Doch im Zimmer war es hell, zwar nicht besonders, aber ausreichend, dass er diesen Umstand erkennen konnte.

Er drehte sich zum Bücherregal um und traute seinen Augen nicht. Da stand eine verschnörkelte Laterne, vor der Mitte des Regals. Sie reichte fast bis unter die Decke. Das Licht darin schälte unruhig flackernd die Bücher aus der Dunkelheit. Es war ein bisschen düster. Verblüfft stand Kaminski auf und ging herüber. Er fasste die Laterne an. Tatsächlich, echt. Er klopfte dagegen. Ein dumpfer Klang ertönte. Rost und lose Farbe rieselten herab.

Wirklich, eine Gaslaterne! Eindeutig surreal, fand er und rieb sich die Augen. Und plötzlich, als hätte ein riesiger Tunnelbohrer von seinem Bücherregal die Hälfte lautlos weggesprengt, führte jetzt eine Straße aus nassem Kopfsteinpflaster durch die Wand in eine kalte Herbstnacht hinaus. Und der Eingang war mit den verbliebenen Büchern im Regal wie mit Ornamenten verziert. Es gab keinen Schutt und keine zerfetzten Bücher.

So langsam kam Kaminski wieder zu sich.

„Was ist denn hier los? Was geschieht hier?“, schimpfte er. „Träume ich?“

Dichter Nebel schien jetzt zu ihm herüber zu wabern, als wäre das eine Antwort auf seine Frage.

„Oh Gott, was wird der Nachbar sagen? Klingeln muss er nicht, um sich zu beschweren. Er kann gleich durch die Wand …“ Doch der Nachbar ließ sich nicht blicken.

Kaminski hielt sich an der Laterne fest, als wäre sie sein Anker, und sah durch die aufgebrochene Wand. Er war erstaunt und kniff die Augen zusammen. Es war zwar Nacht und dafür war es sehr hell. Überall waren seltsame Lichter, einige sausten wie Turbo-Glühwürmchen durch die Dunkelheit.

Und was war das zu beiden Seiten des Kopfsteinpflasters? Röhre, Tunnel? Nein, eindeutig Hausfassaden!

„Sieht wie ein lebensechtes Diorama aus, ein Schaubild“, fand er. Dabei war nicht klar, was es darstellen sollte und ob er bereits alles zu sehen bekam, was es hier tatsächlich zu sehen gab. Theater vielleicht?

„Treten Sie näher“, war plötzlich eine heisere Stimme jenseits der Wand zu vernehmen. „Keine Angst, Sie erkälten sich nicht.“ Ein leises Lachen war zu hören und von irgendwoher tauchten die Umrisse einer Gestalt auf. Was trägt der auf dem Kopf? Einen Zylinderhut, so ein uraltes Ding! Kaminski staunte.

„Treten Sie ruhig näher“, forderte ihn die Gestalt erneut auf. „Keine Angst, Sie sind nicht der Erste.“ Wieder lachte er heiser.

Kaminski zögerte, er fand das alles seltsam. Und was erzählte der da?

„Wie – nicht der Erste?“, fragte Kaminski ratlos. „Was meinen Sie?“

Neid regte sich plötzlich in ihm. „Wobei nicht der Erste? Wer war denn schneller?“

Die Gestalt sagte nichts. Kaminski nahm das hin. Denn er hatte nichts anderes erwartet.

Was trieb der Hutkasper hinter Kaminskis Wand? Sollte er wirklich nähertreten?

Ihm blieb keine Wahl. Wohin sollte er fliehen? Er war hier zu Hause!

Kaminski machte einen Schritt durch das Regal und die aufgebrochene Wand hindurch aufs Kopfsteinpflaster. Er tat es immerhin vorsichtig – nicht, dass er da in irgendeine Falle tappte ... oder ins Bodenlose fiel. Kurz darauf stand er vor der nebulösen Gestalt. Doch dic Gestalt hatte, wie auch immer, den Standort gewechselt und tauchte plötzlich rechts neben ihm auf. Vor der fast dunklen Wand kaum noch zu erkennen. Kaminski hatte sich noch gar nicht darauf eingestellt, da flutschte die Gestalt an ihm vorbei. Der Unbekannte mit dem Zylinderhut stand jetzt zwischen ihm und dem flackernden Licht der Straßenlaterne in Kaminskis Zimmer – und dieser auf der anderen Seite der Wand.

Jetzt erkannte Kaminski, dass die Gestalt gar kein Schatten war, sondern durchsichtig wie eine fadenscheinige, schwarze Gardine. Und nicht nur das! Die Gestalt hatte die normale Statue eines Menschen mit leichtem Bauchansatz. Kaminski war fassungslos. Was war das: einfach nur ein grob gewebter Stofflappen, der laufen und sprechen konnte? Nichts weiter? Konnte man so etwas ernst nehmen?

Kaminskis Alarmglocken schrillten jedenfalls nicht.

„Lieber Leser“, sprach die Gestalt ihn an. „Ich freue mich ungemein, dass du heute zu diesem Buch – na, du weißt schon – gegriffen hast. Ich verabschiede mich jetzt.“ Sie trat jetzt, als suche sie etwas auf Kaminskis Schulter, ganz nah an diesen heran.

„Aber keine Angst, ich bin bald wieder da“, raunte sie Kaminski vielsagend ins Ohr und lüftete zum Abschied den Zylinder. „Und du bleibst solange hier! Fühle dich in meiner Welt wie zu Hause.“

Der Kerl lachte schallend. Dann zog er ein mondgelbes Messer mit blutrot leuchtender Spitze aus seinem Umhang hervor, drehte sich um und verschwand mit der Waffe in der Hand aus Kaminskis Wohnung.

„He, Sie – was soll das?“ Kaminski wollte ihn aufhalten, prallte aber sofort gegen eine unsichtbare Wand.

„Aua, Menschenskinder! Wo kommt dieses verdammte Ding jetzt her?“, schimpfte er und tastete seine Stirn ab. „Wird das 'ne dicke Beule!“

An verschiedenen Stellen versuchte er nun, die Sperre zu durchbrechen. Doch das Hindernis schien unüberwindlich zu sein: unsichtbar wie Luft und hart wie Panzerglas.

Kaminski hatte sich übertölpeln lassen. Er fluchte und starrte in sein Zimmer, das er nicht betreten konnte. Es lag unerreichbar auf der anderen Seite der unsichtbaren Begrenzung.

Er war ausgesperrt! Soweit klar.

Und was hatte der Kerl gesagt? Er wäre bald wieder da? Na,

Prost Mahlzeit! Für wen hielt der sich und was mache ich solange? Kaminski war wütend.

Und was war das überhaupt für ein Messer, das der Typ in der Hand gehalten hatte? Ein bemalter Stofflappen? Er schüttelte mit dem Kopf. Nein, das glaubte er nicht.

Kaminski drehte sich um und ging über das Kopfsteinpflaster in das, was er für ein Diorama hielt, und erkundete es mit aller Vorsicht. Es wurde kühler, herbstlicher. Aber das störte ihn nicht. Eine kleine Abkühlung nach der Aufregung. Warum nicht?

Da, wo nach menschlichem Ermessen das Schlafzimmer seines Nachbarn sein müsste, waberte Nebel an einer Häuserwand entlang.

Kaminski war zwar seltsam zumute. Er wähnte sich in einem Abenteuer, auf einer Entdeckungsreise, irgendetwas Traumhaftes, Albtraumhaftes. Vielleicht auch alles zusammen. Das wird sich schon irgendwie aufklären, hoffte er, und zwar bald.

Doch es geschah etwas anderes.

An der linken Hauswand entlang, tastete er sich vorwärts. Der Nebel verzog sich langsam. Das Kopfsteinpflaster war glatt, die Hausfassade brüchig. Und da steckte irgendetwas im Putz. Kaminskis Hand war einige Male dran hängen geblieben. Er sah sich das genauer an und war verblüfft. An verschiedenen Stellen schienen krumm und schief Bücher in den Fassaden zu stecken. Auf jeden Fall ragten Buchrücken heraus. Einige Titel konnte er lesen und in ihm keimte ein Verdacht. Nach dem zwölften Buch war er sicher: Es waren seine!

Wie kamen die dahin? Beim mysteriösen Wanddurchbruch durch die Gegend geflogen und stecken geblieben? Er versuchte eins herauszuziehen. Doch es steckte fest wie einzementiert.

Waren die jetzt futsch oder was?

Er schob die Frage beiseite.

Weit und breit war niemand zu sehen. Überall war es hell. Gleißendes und unruhiges Licht, als würde da etwas Kosmisches vor sich gehen. Und es waren seltsame Geräusche zu hören. Irgend so ein Stampfen und Fauchen. Rauch lag in der Luft. Es war nicht der angenehme, aromatische Geruch eines Holzfeuers nach Buche, Kiefer oder so, sondern der stechende, giftige nach brennendem Müll. Nach irgendwelchen ungesunden Resten, vielleicht Sondermüll, die allerletzten Reste von Irgendetwas oder so.

Er ging einfach weiter.

Als Kaminski um eine Ecke bog, wurde es zwischen den Häusern plötzlich taghell. Kaminski blieb stehen und sah sich um. Die beiden blass flackernden Laternen, ein Stück entfernt, waren an der plötzlichen Helle nicht beteiligt. Wie in einer guten Geschichte, ohne dass es ihm jemand gesagt hätte, wusste er, was es war: Bruchstücke von leuchtenden Sternen und anderen Himmelkörpern lagen auf der Straße. Sternenstaub flirrte in der Luft.

Irgendetwas stimmte hier nicht.

Andere Sternenstäublinge rasten im Verbund wie flirrende Kometen in Höhe des 2. oder 3. Stockwerks die Straße entlang, vor und zurück. Dabei hinterließen sie einen glitzernden Schweif, aus dem Funken zur Erde prasselten. Unter den Sternenstäublingen gab es auch todesmutige Krümel. Sie rasten in lang gestreckten Wolkenformationen, wie Raketen, steil und glitzernd in die Schwärze dieses Ortes hinauf. Kaminski sah, wie sie immer kleiner wurden und ihr Leuchten schwächer. Dann verschwanden sie und tauchten nicht wieder auf.

Was war hier los? Was war hier passiert?

Alle Fenster entlang der Straße waren erleuchtet. Aus jedem Fenster starrte ein und dasselbe riesige Gesicht, aber immer in einer anderen Farbe. Als würde es in großen Lettern dastehen, wusste er, wer das war. Er kannte ihn! Es war der Mann im Mond, der mit seinen vielen gelben, weißen und kupfernen Facetten hier zu Hause war. Aber noch nicht lange, die Gardinen fehlten noch. Ein astreines Blutmondgesicht, das aus einem großen Gaupenfenster blickte, thronte über allem und prophezeite drohendes Unheil.

Seltsam, dachte Kaminski, eigentlich lebte der ja ganz woanders: auf dem Mond und vor allem in der Phantasie und in Geschichten. Was tat er hier?

Das Schaubild schien sich endlos durch alle räumlichen Begrenzungen zu dehnen oder diese einfach beiseite zu schieben. Denn von seinem realen Nachbarn war nichts zu sehen und zu hören, ebenso wie von der Familie, die über ihm lebte.

Kaminski sah lange über das Gesicht des Blutmondes hinweg in die Schwärze hinauf. Doch es wurde nicht besser. Da war nichts: kein Stern, kein Mond, gar nichts. Alles was da oben am Himmel sein müsste, lag hier auf der Straße oder schwebte darüber.

Der Himmel war eingestürzt!

Er streifte weiter durch die Straßen. Überall lag leuchtender Sternenbruch herum, abgestürzte und zerschellte Himmelskörper. Es rauchte und strahlte seltsam energiereich aus den Trümmern. Auch ein paar Häuser waren betroffen, in denen brannte es lichterloh. Und dann dieser grässliche Geruch, der über allem lag. Er wunderte sich, dass diese lebensfeindlichen Ereignisse ihm nichts anhaben konnten.

War das hier so etwas wie eine Geschichte? Oder kam das dicke Ende für ihn noch, beispielsweise am Ende der Straße?

Er wollte es wissen und ging weiter. Das in den Straßen widerhallende Hämmern wurde stärker. Er näherte sich der Quelle dieses durchdringenden Geräusches. Dann war er da – und auch ein bisschen enttäuscht. Er hatte irgendwie gehofft, dass hier geräuschvoll an einem neuen Himmel, einer Zukunft oder was auch immer geschmiedet wurde. Doch was hier passierte, empfand Kaminski als ziemlich banal. Ein paar Leute waren damit beschäftigt, die Trümmer der Sterne soweit zu zerschlagen, dass man daraus ein paar nette Dinge basteln konnte. Beispielsweise Weihnachtssterne, Haushaltsgeräte, wie Löffel, Messer, Gabeln, Äxte, Tische, Stühle, eben Dinge für den Alltag, was auch immer. Offenbar Dinge, die niemand hatte, aber unbedingt brauchte.

Merkwürdig, dachte er. Er konnte sich nicht daran erinnern, eine solche Geschichte gelesen zu haben. Aber an die Geschichte vom Mann im Mond konnte er sich erinnern, an ein Sachbuch über Asteroideneinschläge ebenfalls und auch an Bücher über Neuanfänge nach Kriegen und so. Hatte er alles gelesen – zweimal, dreimal. Und irgendwie sah es für ihn aus, als hätte die Phantasie aus jedem dieser Bücher etwas herausgepflückt und zu einer neuen Story zusammengefügt. Und es schien, als wäre Kaminski in dieser jetzt unterwegs.

So weit, so gut – und so seltsam.

Doch eigentlich war er ein glühender Krimifan und hatte vor ein paar Stunden blutrünstige Geschichten verschlungen, andere hatte er ins Regal gestellt, weitere standen schon länger dort. Doch von Mord und Totschlag konnte er weit und breit nichts entdecken. Und was war mit dem unheimlichen Kerl, der aus dem Phantasieprodukt einfach herausspazieren und Kaminski einsperren konnte? Ein guter Geist war das ganz bestimmt nicht.

Plötzlich rollte ein Schrei ohrenbetäubend und vertausendfacht an ihm vorüber. Kaminski zuckte zusammen und presste sich an eine Häuserwand. Gardinen hingen vor den Fenstern über ihm. Licht lugte hervor.

Leute rannten an ihm vorüber. Er hatte keine Ahnung, wo die plötzlich alle herkamen. Aber sie schienen alle dem Schrei hinterherzulaufen. Er sah sie sich an. Sie hatten Ähnlichkeit mit dem Kerl, der ihn hier eingesperrt hatte: Männer, Frauen, Dicke, Dünne, Große, Kleine. Einen wichtigen Unterschied gab es aber: Während der Kerl fadenscheinig, aber unauffällig war und das goldfarbene Messer mit der rot gefärbten Klinge in der Tasche verborgen hatte, trugen die Leute, soweit Kaminski das einschätzen konnte, ihre goldfarbenen Gegenstände sichtbar: als Kette um den Hals, als fein ziselierte Feder am Hut, als Schärpe quer über den Torso, als Ring um den Ärmel, als Schuhe, als Laterne in der Hand und so weiter. Fast so wie fadenscheinige Scherenschnitte, mit einem goldfarbenen, individuellen Akzent, als würden sie um ihr Leben rennen. Aber es war nicht ihr Leben, um das sie rannten.

Wohin waren sie unterwegs?

Sie folgten dem Schrei, der dahin zurückzukehren schien, wo er seinen Ausgang genommen hatte. Und Kaminski folgte ihnen.

Aber sie kamen zu spät.

In einem spärlich beleuchteten Hinterhof fanden sie eine

leblose Frau. Sie wurde erdolcht und musste wohl schon eine Weile tot gewesen sein. War sie ermordet worden, während ihr Schrei noch lebendig durch die Straßen rollte? Bei diesem Gedanken beschlich Kaminski ein schrecklicher Verdacht. Er glaubte, dem Mörder begegnet zu sein.

Aus den Wunden der Frau sickerte noch immer das Blut wie eine rot fluoreszierende Flüssigkeit. Es sah aus, als wäre da noch Leben drin und wüsste nicht wohin, so ohne Blutgefäße und pumpendes Herz. Das leuchtende Blut tropfte auf die Straße und floss dahin. Es würde keinem mehr nützen. Das Leuchten erlosch nur langsam, als würde jemand das Leben mit einem Dimmschalter stufenlos herunterdrehen. Totes, dunkles Blut.

Eine Trillerpfeife gellte. Kaminski fuhr der Ton durch Mark und Bein. Er erstarrte kurz, fasste sich schnell wieder. Zwei dunkle Gestalten, die augenscheinlich goldfarbene Polizeihelme trugen, rannten in den Innenhof und scheuchten, bis auf die Leiche natürlich, alle Anwesenden vom Ort des Geschehens. Kaminski beachtete niemand. Die Polizisten beugten sich über die tote Frau, die ein goldfarbenes Haarband trug, und stellten fest, was offensichtlich war. Bevor Kaminski erneut den paralysierenden Ton vernahm, sah er in der Hand eines Polizisten eine sternengold leuchtende Trillerpfeife. Weitere Gestalten wurden in den Innenhof gerufen und untersuchten den Tatort.

Ja, dachte Kaminski, diese Geschichte habe ich gerade gelesen: Jack the Ripper, Whitechapel 1888. Den Täter hat man nie gefunden … Plötzlich stutzte Kaminski. Ist es möglich, dass er … den Täter gesehen hat? Um eins wollte der wieder da sein und Kaminski endlich in sein Zimmer lassen! Moment, wie lange noch? Aber er konnte seine Uhr nicht finden. Na ja, dann nicht.

Er wollte hier nicht länger bleiben und schlich sich davon. Als er wieder auf der Straße stand, waren hinter einigen Fenstern die Lichter erloschen. Der Mann im Mond war schlafen gegangen, zumindest einige Facetten von ihm.

Kaminski suchte und fand den Weg zurück zum undurchdringlichen Hindernis. Die Straßenlaterne flackerte hier immer noch und dahinter befand sich sein Zimmer.

Nicht dass ich den Kerl noch verpasse! Kaminski dachte jetzt an nichts anderes.

Er stand hier und wartete. Seine Nerven waren bis zum Zerreißen gespannt. Der Kerl sollte ihn nicht noch einmal überrumpeln. Kaminski wusste, was er wollte: hier raus und da rein! Und daran würde ihn niemand hindern, vorausgesetzt der Kerl machte endlich die Barriere wieder auf.

Plötzlich wurde in seinem Zimmer die Tür geöffnet. Die fadenscheinige Gestalt erschien und ging schnurstracks auf Kaminski zu. Machte eine Handbewegung. Das Hindernis schien verschwunden zu sein. Die Gestalt trat neben Kaminski, der sofort zwei Schritte in sein Zimmer machte und dort auf seinem Teppich stand.

„Na, wie hat es dir gefallen?“, lachte die Gestalt heiser. „Ziemlich was los in meiner Welt, stimmt’s? Aber bei dir war es auch nicht ohne. Hier, ein Souvenir von mir. Damit du niemals denkst, du hast das alles nur geträumt!“

Mit den letzten Worten drückte er Kaminski das mondgelbe Messer mit dem schwarzen Griff voran in die Hand, klopfte ihm kumpelhaft auf die Schulter und gab ihm einen Klaps auf die Wange.

„He, was soll das!“, rief Kaminski, der schon wieder überrumpelt wurde. Verdammt noch mal! Er fluchte.

Bevor Kaminski das Messer zurückweisen konnte, hielt er es in der Hand.

Die Gestalt schien Kaminski eine Weile anzustarren und rief dann plötzlich, als würde ein Wecker schrillen: „EINS!“

Und dann war der Spuk vorbei. Das Loch in der Wand hatte sich geschlossen und die Gestalt verschluckt. Die Laterne war verschwunden. Kaminskis Bücher standen wieder da, wo sie stehen sollten und zwar vollzählig, wie er flüchtig registrierte.

Und er stand vor dem Regal … mit einem seltsamen Messer in der Hand! Er sah es sich an. Es lag gut in der Hand. Doch es schien mehr Blut an der gelben Klinge zu kleben, als noch vor einer Stunde.

Und dann klingelte es an seiner Wohnungstür. Sturm!

Noch bevor er sich aufrafften konnte, um die Tür zu öffnen, hörte er einen dumpfen Schlag, Holz splittern, weitere dumpfe Schläge und Holzsplittern folgten, dann Getrampel und schließlich standen Polizisten in Kampfmontur vor ihm. Sie richteten ihre Waffen auf ihn.

„Los, Messer fallen lassen!“, wurde er angeranzt.

Augenblicklich öffnete er die Hand und das Messer polterte zu Boden.

„Hände hoch!“

Er streckte die Hände über den Kopf.

„Wie haben Sie das bloß angestellt, uns immer wieder zu entwischen. Na, egal! Sie sind festgenommen. Machen Sie sich auf etwas gefasst!“, wurde er wieder angeranzt.

Oh, Gott, dachte Bücherwurm Kaminski, was hatte der Kerl da draußen bloß angestellt? Und was wollen die jetzt von mir?

Und wie ist der fadenscheinige Kerl eigentlich durch meine Tür gekommen? Einen Schlüssel hatte er nicht!

„Sieh mal nach, was er da an der Wange hat!“, forderte der anranzende Kollege einen anderen verhältnismäßig freundlich auf.

Der Angesprochene kam nah an Kaminski heran.

„Ist rot, sieht aus wie Blut, auch an der Kleidung“, teilte er seine Beobachtung mit.

„Soso, wie Blut also, wundert mich nicht! Bei der Sauerei ...“

Wovon reden die bloß, dachte Kaminski. Ihm wurde immer mulmiger zumute. Sauerei?

„Was denn für eine Sauerei?“, wollte er wissen. „Ich kann das gar nicht gewesen sein!“

„Ja ja, das sagen sie alle!“, behauptete der Polizist wage. „Das wird alles im Labor untersucht. Und dann werden wir ja sehen.“

Als würde er Kaminski eine Chance einräumen, fragte er: „Wer war es dann?“

„Wer war was?“, konterte Kaminski. Er hatte ja tatsächlich keinen blassen Schimmer, was da draußen passiert ist. Fragen Sie doch mal den fadenscheinigen Typen, der durch die Wand verschwunden ist und sein verdammtes Messer dagelassen hat, würde er ihm am liebsten entgegenschleudern.

Doch der würde nur pikiert seufzen: Sonst noch was? Und dann einen Alkoholtest anordnen oder ihn gleich in die Psychiatrie einweisen.

„Nee nee, so kommen wir nicht weiter“, meinte der Einsatzleiter und schaute sich das Messer genauer an. Er hielt es in einem durchsichtigen Plastikbeutel direkt vor seine Nase.

„Sieht ja goldfarben, nein – eigentlich gelb aus! Und das Blut scheint nicht zu trocknen, sondern in das Material einzuwirken und es einzufärben. Wie aus einem Märchen oder direkt aus dem All!“ Er war fasziniert.

„Woraus besteht das Messer und wo haben Sie das her?“, fragte er und es hörte sich nicht so an, als würde er ermitteln, sondern um jeden Preis genauso eins besitzen wollen.

„Es ist nicht meins“, beharrte Kaminski.

„Na gut, wie Sie wollen!“, grummelte der Polizist enttäuscht.

„Ihnen ist schon klar, dass die Sache ziemlich eindeutig ist, oder?“

Kaminski wusste noch immer nicht, was er angestellt haben soll.

„Da draußen sind drei Menschen ums Leben gekommen …“ Als hätte der Polizist Kaminskis Gedanken gehört.

„Das war ich aber nicht!“ Kaminski war bestürzt. So etwas in der Art hatte er erwartet.

„Erdolcht und ausgeweidet“, wurde der Polizist konkret. „Ratzfatz, mit wenigen Schnitten. Sie verstehen Ihr Handwerk!“ Das klang jovial, anerkennend blöd. „Fleischer, Chirurg, Jäger?“

„Weder noch, ich bin ein Bücherwurm!“ Kaminski war blass geworden. „Wen denn?“

„Tun Sie doch nicht so scheinheilig! Das wissen Sie doch selbst!“, empörte sich der Polizist und sagte dann doch: „Zwei Manager, ein Politiker.“

Na, Gott sei Dank keine Frauen. Kaminski war erleichtert.

„Ich habe die Wohnung nicht verlassen“, blieb Kaminski bei seiner Aussage.

„Na gut, wie Sie meinen. Das klären wir alles im Präsidium“, sagte der Polizist und befahl seinem Kollegen: „Fesseln und abführen."

Sich dagegen zu wehren ist zwecklos, dachte Kaminski und ließ es geschehen. Außerdem glaubte er, dass sich alles bald aufklären würde. Wie das geschehen sollte, wusste er allerdings nicht. Aber dafür gab es schließlich Experten.

Im Polizeipräsidium wurde Kaminski in einen Vernehmungsraum geführt. Dort musste er bei einem Becher Kaffee lange warten, bis jemand etwas von ihm wissen wollte.

Mein Gott, was ist denn das für ein Vogel, dachte Kaminski, als nach geschätzt drei Stunden der Ermittler das Zimmer betrat. Er schien außer Atem zu sein, warf seine Aktentasche schwungvoll auf den Tisch, an dem Kaminski schon saß, legte seinen Mantel ab und setzte sich Kaminski gegenüber.

„Aha, Sie sind also der Verdächtige. Ich heiße Rotmanns und bin der ermittelnde Polizist", stellte er sich vor. Seinen Dienstgrad nannte er nicht. Dafür sah er Kaminski mit durch die Brillengläser riesig vergrößerten Augen lange an. Kaminski war unbehaglich zumute. Es war furchteinflößend. Augen wie ein Kalmar, dachte er und er spürte schon die Tentakel, die sich nach ihm ausstreckten.

„Dann erzählen Sie mal. Was ist passiert?", ermunterte Rotmanns ihn.

Kaminski zögerte aus verständlichen Gründen.

„Na gut", meinte nach einigen schweigsamen Minuten der Polizist und kramte in seiner Aktentasche. Daraus zog er einen Stapel Fotos hervor und breitete diese auf dem Tisch aus. Alles Farbaufnahmen.

Kaminski war geschockt, als er die Bilder sah.

Auf jedem war so ein mondgelbes Messer mit schwarzem Griff zu sehen, wie er es auch kannte. An jedem waren Blutanhaftungen zu erkennen, manchmal auch ein roter, geronnener Tropfen, oft war das Blut ins Material eingezogen und hatte es unterschiedlich gefärbt: von rostbraun bis tiefrot, manchmal nur die Spitze, manchmal bis zum Schaft hinauf oder nur entlang der scharfen Schneidekante.

Offenbar gab es mehrere Messer dieser Art – und Morde, dachte Kaminski sofort und schöpfte etwas Hoffnung. Er war wohl nicht der Einzige, dem so etwas wiederfahren war.

Konnte er reden, ohne für verrückt erklärt zu werden?

„Glauben Sie mir, ich habe schon die seltsamsten Geschichten gehört ...“, ermunterte ihn Rotmanns, dem Kaminskis Hoffnungsschimmer nicht entgangen war.

Kaminski zögerte noch. Was war mit den anderen Betroffenen passiert?

„Das Material haben wir eingehend untersucht. Kosmisches Material, genauer gesagt Mondgestein und Sternenstaub – ohne die kleinste irdische Spur daran. War vorher also nie auf der Erde. Es sieht aus, als wäre das graue Gestein von Sonnenlicht durchdrungen. Wissen Sie, wie man an Mondgestein und Sternenstaub gelangt, ohne jemals auf dem Mond oder irgendwo im All gewesen zu sein?“ Die großen Augen funkelten jetzt hinter den Gläsern, als wäre es die brennendste Frage seines Lebens. „Und wie man daraus überaus gefährliche Waffen mit seltsamen Eigenschaften produziert? Woher haben Sie das Messer?“

„Nicht nur Waffen“, dachte Kaminski laut und erschrak. Der Damm war gebrochen.

„Ach, nein – was denn noch?“, hakte Rotmanns sofort nach.

Na gut, dachte Kaminski, welche Lügengeschichte ich auch erzählen würde, ich bliebe in Rotmanns Augen fälschlicherweise der Mörder.

Deshalb erzählte er nun alles, was ihm in der vergangenen Nacht zwischen Mitternacht und ein Uhr, in der Geisterstunde, widerfahren war. Rotmanns stellte anschließend Fragen, die Kaminski umfassend beantwortete. Kaminski stellte erleichtert fest, dass der andere sich in der Materie auskannte und ihm das alles offenbar nicht fremd war.

Jetzt kann ich bestimmt gehen, hoffte Kaminski. Es hat sich alles aufgeklärt.

Doch er musste bleiben.

„Also, Herr Kaminski“, setzte Rotmanns bedächtig zu einer längeren Rede an. „Ich habe Ihnen noch nicht alles gesagt.“

Pause.

„Ich bin nicht von der hiesigen Polizei, sondern von Interpol und seit etwa dreißig Jahren berufsbedingt mit mondgelben Messern beschäftigt.“

Pause.

Bitte womit ist der Mann seit dreißig Jahren beschäftigt, mit mondgelben Messern? Kaminski runzelte die Stirn.

„Gelbe oder goldene Löffel und Gabeln interessieren mich in diesem Zusammenhang nicht.“ Leichtes Lächeln.

„Okay, und was wollen Sie jetzt von mir?“ Kaminskis Stimme klang niedergeschlagen.

„Das Morden mit blutgetränkten mondgelben Messern ist ein Phänomen … und das seit Jahrzehnten und überall auf der Erde.“

„Dann kann das ja auch nichts mit mir zu tun haben", schlussfolgerte Kaminski, dem Rotmanns Offenbarung ansonsten völlig egal war. Er wollte einfach nur hier raus!

„Nicht so eilig!", bremste ihn Rotmanns. „Meine Vorgänger und auch ein paar heutige Kollegen, vor allem die in Übersee, glaubten an einen mordenden Geheimbund, der zeitübergreifend existiert, wie Templer, Freimauer und so weiter, eben nur richtig brutal. Ganz ist diese Hypothese noch nicht vom Tisch. Und das macht sich leider immer wieder mit drastischen Strafen bemerkbar."

„Drastische Strafen?", echote Kaminski. Sein Gesicht wirkte erschrocken.

„Ja, in Amerika wurde erst im vergangenen Jahr ein junger Lehrer zum Tode verurteilt, der mit einem solchen Messer ins Visier der dortigen Kollegen geraten war. Er wurde als Sechsfach-Mörder verurteilt, auch wenn im Prozess vielen Fragen offen geblieben sind. Aber Sie kennen ja die Amerikaner. Sind halt nicht zimperlich. Irgendetwas wird der Typ schon angestellt haben, glaubten sie da und steckten ihn in die Gaskammer."

„Was sagen Sie da?! Gaskammer?!" Kaminski war kurz davor, die Fassung zu verlieren.

„Na ja, keine Angst. Die Todesstrafe gibt es hierzulande nicht mehr. Maximal lebenslänglich..."

„Maximal lebenslänglich!! Ach, wie beruhigend", meinte Kaminski unfreiwillig ironisch. „Lebenslänglich für ... Bücherlesen?"

Rotmanns ignorierte den Einwand.

„Alle Fälle haben außer den mondgelben Messern eine weitere Gemeinsamkeit und da setzt eine andere Hypothese an, deren Anhänger ich bin, und die besagt: Es gibt mehr zwischen Himmel und Erde, als wir uns vorstellen können …“

„Und was wäre das für eine weitere Gemeinsamkeit?“, wollte Kaminski mit brüchiger Stimme wissen. Seine Zukunft hatte derzeit etwas von schwedischen Gardinen und gesiebter Luft.

„Die ist nicht so offensichtlich wie das Tatwerkzeug“, begann Rotmanns. „Sie sagten, dass Sie zuvor ein Buch gelesen haben. Ist das richtig?“

Kaminski nickte.

„Nicht irgendeins, oder?“

Kaminski nickte erneut. „Es ging um gesichtslose Verbrecher, um namenloses Grauen.“

„Sehen Sie und genau das ist die Gemeinsamkeit zwischen allen bekannt gewordenen Fällen. Alle haben kurz zuvor ein solches Buch gelesen, sind eingeschlafen und haben etwas geträumt. Und als sie munter wurden, stand da ein seltsamer Kerl mit einem mondgelben Messer in der Hand. Und der ist definitiv kein Traum …“

„Das kann ich bestätigen“, warf Kaminski ein.

„Sehen Sie, ich glaube Ihnen das. Aber der amerikanische Todesrichter sah in denselben beziehungsweise ähnlichen Abläufen den Beweis für einen Geheimbund, so eine Art Todesritual oder so, unter Drogen – was weiß ich. Sie nehmen doch keine Drogen, oder?“, fragte er beiläufig.

„Nein, nehme ich nicht!“, bestätigte Kaminski. „Sie können es ja testen.“

„Das sowieso …“

„Wie meinten Sie das vorhin: Es gibt Dinge zwischen Himmel und Erde, die wir uns nicht vorstellen können“, unterbrach ihn Kaminski.

„Na, wir denken ja, dass dieses Dingsda – Lesen – gar nicht so harmlos ist, wie man immer meint. Es soll ja Leute geben, die regelrecht Angst davor haben und wie wir sehen aus gutem Grund …“

„Ach, tatsächlich …?“

„Ja, da werden Welten gebaut, phantastische Welten, die ja doch irgendwie existieren – und auch irgendwo. Und das vermutlich nicht nur in den Köpfen der Leute, die lesen. Wir stellen uns das als eine Art Cloud vor. Sie wissen schon, wo man Daten ablegen kann und so …“, erklärte Rotmanns.

„Klar kenne ich so etwas. Hab selbst eine Cloud“, erwiderte Kaminski.

„Sehen Sie und dort haben Sie die gesammelten phantastischen Welten aller gelesenen Bücher, aber nicht als Texte, sondern als eine Art Schaubild versammelt. Die existieren da alle zusammen irgendwie und interagieren sogar miteinander. Und manchmal …“

„Haben Sie es denn selbst schon mal probiert?“, wollte Kaminski wissen.

„Was denn?“

„Na, Bücher lesen …“, half Kaminski ihm auf die Sprünge. Den anfänglichen Schock hatte er überwunden.

„Ich? – Ach, i wo …!“ Rotmanns sah verlegen aus.

Kaminski stutzte. „Haben Sie etwa Angst? Ein Ermittler, der Angst hat? Vielleicht wären Sie mit Ihren Ermittlungen schon viel weiter, wenn Sie selbst mal ein geeignetes Buch lesen würden?“

Schamesröte überzog Rotmanns Gesicht.

„Um Gottes willen, Sie sehen ja, was dabei herauskommt: Man wird des Mordes verdächtigt. Ist vor zehn Jahren einem

Kollegen passiert. Mindestens fünf Jahre muss der noch absitzen. Nein, danke! – Also, wo waren wir stehen geblieben? Ach ja, richtig: Wie eine Cloud. Wer liest, bekommt den Zugang zur Cloud …"

„Das passiert doch eigentlich ohne großes Getöse, um nicht zu sagen: Das merkt man doch lediglich an seinen phantastischen Eingebungen." Kaminski zuckte mit den Schultern.

„Wenn Sie das sagen …" Aus eigener Erfahrung konnte Rotmanns das nicht wissen.

„Aber irgendetwas muss mit dieser Pforte passieren, wenn es um Verbrecher ohne Gesicht, das personifizierte Böse in den Büchern und in der Welt geht …", meinte Kaminski, der das selbst erlebt hatte.

„Als würde diese Gestalt hinter der Pforte darauf lauern, um das Grauen inkognito wieder in die Welt zu tragen? Meinen Sie das?", forschte Rotmanns nach.

„Nein, das meine ich nicht", entgegnete Kaminski bestimmt.

„Was meinen Sie dann?" Rotmanns verstand das nicht.

„Bücher bannen das Grauen, das personifizierte Böse oder wie Sie das nennen wollen. Aber nur eine Geschichte lang und dann windet es sich aus dem Bann wieder heraus: als fadenscheinige Gestalt mit einem Messer in der Hand, das nicht von dieser Welt zu sein scheint, und einem blutrünstigen Ansinnen. Mit anderen Worten: Die Bücher sind die Guten! Und mit Verlaub: erfolgreicher als die Polizei, zumindest in diesem Fall."

„Sie meinen, je dicker die Bücher und je länger die Geschichten sind, desto besser?"

„Unter diesem Gesichtspunkt: Ja!", bestätigte Kaminski. Ansonsten darf es manchmal gern ein bisschen schlanker sein.

„Interessant", fand Rotmanns. Den Punkt mit der erfolglosen Polizei hatte er offensichtlich überhört. „Wollen Sie nicht der Sonderkommission bei Interpol beitreten?“, schlug Rotmanns ihm vor.

Ein durchaus verlockendes Angebot, fand Kaminski.

„Erst einmal holen Sie mich hier heraus und dann sehen wir weiter!“

Quellen

Schwarze Schmetterlinge, in Giftmorde 2, edition krimi, Hamburg 2016

Überlebensmodus, in Giftmorde 3, edition krimi, Hamburg 2016

Weihnachtslicht, in Weihnachtsmorde 1, edition krimi, Hamburg 2016

Ertappt im falschen Film, in Sachsenmorde 1, edition krimi, Hamburg 2017

Bumerang, in Giftmorde 1, edition krimi, Hamburg 2018

Creepy Christmas, in Weihnachtsmorde 2, edition krimi, Hamburg 2018

Wächterhaus, in Giftmorde 4, edition krimi, Hamburg 2018

Alte Last, in Sachsenmorde 3, edition krimi, Hamburg 2019

Für alle anderen Storys liegen die Rechte beim Autor.

Inhalt